暗花明

著

黄河出版传媒集团
阳光出版社

图书在版编目（CIP）数据

柳暗花明 / 权振声著. -- 银川 : 阳光出版社,
2023.3
ISBN 978-7-5525-6760-1

Ⅰ. ①柳… Ⅱ. ①权… Ⅲ. ①散文集 – 中国 – 当代
Ⅳ. ①I267

中国国家版本馆CIP数据核字(2023)第046228号

柳暗花明　　权振声　著

责任编辑　林　薇
封面设计　晨　皓
责任印制　岳建宁

黄河出版传媒集团
阳　光　出　版　社　出版发行

出 版 人　薛文斌
地　　址　宁夏银川市北京东路139号出版大厦（750001）
网　　址　http：//www.ygchbs.com
网上书店　http：//shop129132959.taobao.com
电子信箱　yangguangchubanshe@163.com
邮购电话　0951–5047283
经　　销　全国新华书店
印刷装订　宁夏凤鸣彩印广告有限公司
印刷委托书号　（宁）0026209

开　本　710 mm × 1000 mm　1/16
印　张　16.25
字　数　200千字
版　次　2023年5月第1版
印　次　2023年5月第1次印刷
书　号　ISBN 978-7-5525-6760-1
定　价　36.00元

序

年届八十的权振声先生将耗费半生心血书写的文字结集成书，将要付梓了，此乃幸事。他嘱我写序，实难拂意，只好遵命为之。

振声和我同龄，都在固原中学、宁夏大学中文系上过学，师承一脉，20 世纪 70 年代又在隆德县好水中学共事。可谓知根知底、情笃谊深、心有灵犀的挚友。

振声的书有几十年教坛耕耘的经验总结、人事琐记、诗歌和游记四类。他的散文多为怀念父母、老师、亲友之作，篇篇作品发自肺腑，情真意切，生动感人。他的家在“苦甲天下”的大山深处，以耕读为生。父亲诚实、本分，精于农耕；母亲忠厚、善良，勤劳持家。他们兄弟几人或耕或读，都是忠厚勤勉之人。

然而，在那个艰苦的岁月，时代的一粒沙，落在每个人的头上就是一座山，生活难上加难，精神压力更为沉重。即便如此，父母之爱点燃了振声少年时希望的火种，艰难困苦，玉汝于成，发愤读书，追求光明。振声在《亲人遗事》中写道，在他远离家门负笈求学时，父亲给他精心制作的狗皮褥子及细致无声的关爱，兄长为他筹措资金、支持他求学的苦心，都一生温暖着他的心。是的，亲人的关爱是人世间最宝贵、最值得珍惜的上善人性，是人生存的依赖、希望的火种。《我的侄儿——双双》是一篇回忆文章。侄儿双双是一个聪颖、好学、吃苦耐劳的好孩子。小学、初中品行端正、成绩优异，满怀憧憬上高中，却因种种原因被剥夺了上学的权利。为了生存，他十五岁就下井挖煤，不幸的是因雷管爆炸而失去了宝贵的生命。文章读来令人惋惜、痛楚。

振声尊师重道、古风犹存，这从阅读他的《影响我一生的杨清南老师》中可以看出。杨老师是20世纪60年代固原中学语文教学名师，振声有幸，适逢良师。杨老师是他的班主任，又教语文。作为班主任，他爱护学生、体恤学生，很会调动学生的主体意识，放手让学生班委会管理班级，营造了宽松融洽和谐的学习环境，使学生积极进取，这在当时还是很有创新的工作方式。杨老师的语文教学很出色，他的教学特点主要有两个方面：其一，文字功底扎实，对字、词、句的分析颇具功力，使学生在语文基本功上打下坚实的基础；其二，作文教学善于调动学生的兴趣。作文评语细致具体而精准，范文的讲评使学生深受启发和激励。振声在文章中表达了对杨老师终生不忘的敬意，可见他真诚、感恩的品格。

振声的散文不仅讲述了他求学时代的困难艰辛和西海固农民的生存困境，更写出了改革开放后家乡翻天覆地的巨变。荒凉、冷落的权家岔已是满目青山，机械化耕作代替了昔日的手工劳作，可以说家家有储粮不愁温饱，清净的自来水结束了昔日天不亮就去河滩唯一水泉争相抢水的辛酸，明亮的电灯替换了油盏，扶贫的新住房白墙红瓦整齐美观，这就是权家岔的今天。从对山乡巨变的喜悦之情中你可感悟到他热爱家乡、情系故土的赤子之心。

振声这本书中我想重点推荐的是“杏坛耕耘”部分。这是他多年深耕教坛的感悟、体会、总结。振声从事中学语文教学 34 年，经历乡村中学——好水、联才，又到县城隆德中学任教，后又被优选至银川一中这样的宁夏名校任教。他长期在教学一线担任班主任、语文课教师，被自治区人民政府授予区级中学特级教师称号，中国教育学会中语会评为全国优秀语文教师，实至名归。他在“杏坛耕耘”里撰写的文章大多都被省级报刊公开发表过，是经过教学实践检验的有创新理念、能启发人、可操作的宝贵经验。在师德教育方面，他认为素质教育的前提和基础是教师本身良好的素养，“是故善为师者，既美其道，有慎其行”。教师自身有求真、向善、爱美的境界，学生才能达到同样的境界。振声之所以成为宁夏中学语文特级教师、全国中学语文优秀教师，饮誉杏坛，最重要的原因就是他数十年坚持不断在自己品格、师德上孜孜以求地修行。他在做班主任工作时总结了一套行之有效的德育教学经验（见《我看班主任工作》），值得借鉴。在语文教学中，他重视寓品德教育于语文教学的实践，潜移默化、细雨无声地用真、善、美滋润着青年学子的心田。在几十年的语文教学中，他不断探索、不断总结，在引导学生阅读、培养学生大胆质疑、独立思考、词语辨析、逻辑思维、分析比较、作文训练等方面的教学经验给人以启迪作用。总之，“杏坛耕耘”是他一生从事语文教学经验的总结，也是为教育奉献的精神财富。

振声的诗歌和游记也值得一读。这本集子收录了他的近四十首诗作，多为旧体诗。诗作有悼怀亲友名人、旅途观感、国事抒怀、朋友和唱等，实为有感而发。情感真挚自然、语言质朴凝练，可见他古典文学的修养。游记类有多篇，既有国内风景名胜，亦有异域见闻，状物形象逼真，寓情于景，读之使人仿佛亲临其境。

振声为人正直、业务精熟，是个好老师。他用顽强的毅力耕耘一生，众多弟子敬佩他，他此生不虚、收获颇丰。

慕岳

2022 年 5 月

自序

2021年年初，我找出以往的旧作翻看，首先读到昔日撰写的教学文章，感慨颇多，教坛耕耘几十年，要说能留下来的就是这些文字，在教学上我始终鼓励、培养学生独立思考、大胆质疑的求学精神。在今天看来也不为过时。可以说这些文章是我几十年中学语文教学踏踏实实走过的串串脚印。回首行处，有过困苦艰辛，有过努力奋斗，有过些许成绩，此生也还未曾虚度，于是动了整理文稿，结集成书的念头。至少也是对我个人教学生涯的一个总结和交代。

教学论文基本收录了刊物曾发表过的。其中《影响我一生的杨清南老师》曾收进了宁夏人民教育出版社2016年8月出版的《我们的老师——那些逝去的岁月》一书中，这是我怀念杨清南老师的一篇文章，以表达恩师培养之情。

整理过程中又选收了退休后陆续练习的一些诗歌、散文作品，篇幅增加了许多，原来编辑成册的初衷和范围有了突破和扩充。

《柳暗花明》分为四辑——“杏坛耕耘”“人事琐

记”“诗歌四十首”和“旅游散记”。

“杏坛耕耘”一辑主要收集了我在作文教学、课文教学和班主任工作、教师师德修养等方面的一些做法和感悟的文章。从教几十年来在教育事业中对待教学工作一直勤勉尽责，爱学生是教师生涯的灵魂，教坛只能用浸满仁爱的犁锄去耕耘，引导培养学生有思想、有独立思考的习惯和能力，应是教师生涯不可或缺的课题。传授知识的过程中，潜移默化影响学生如何做人、做什么样的人是贯穿教学整个过程的一条主线。在这些方面我做了尝试、努力，将一些可取的做法和感悟书写成文。但现在反思，发现自己的教师生涯做得还不够或不理想，只能深深地遗憾了！

“人事琐记”一辑共收录十四篇（组）文章，大多是记叙过往生活我所经历的芝麻小事，虽琐屑但于我也是那个时代一段历史长河里的一滴水，跟我的成长不无关系。其中《亲人遗事》主要叙写了我记忆中关于亲人印象深刻的几件事，他们在我成长过程中不但物质上供给我，更在生活态度、思想情感、精神品质、为人处世诸方面给我打上深深的烙印，使我不但感受到亲人无微不至的关爱、家庭的幸福，亲情的可贵，更为我以后人生路上不断跋涉前行给予很好的启蒙和动力。对亲人深深的思念在这些回忆的文字里流淌。

《我的侄儿——双双》一文，是对侄儿双双的纪念，我的侄儿双双聪颖好学，吾家千里驹也。惜其遇难少亡，是我几十年来抹不去的心痛，早就想写点关于侄儿双双的文字，曾几次动笔思路却无法连贯，这次整理、写作书稿，总算下笔成文，了却了我的一桩夙愿。

“诗歌四十首”一辑有赞颂祖国大好河山、抒怀国事，叙写、悼念亲人朋友、讴歌时代英雄等内容。值得一提的是 20 世纪 70 年代初，我初登教坛在联才中学为班级墙报写的一首表扬学生冒雨按时到校上课的打油诗，现在看来，无论内容、形式都显幼稚，但它是我那个时代的脚印，倍感亲切，爱而收之。择录的诗以旧体为多，按要求，格律音韵等可能有不少瑕疵，但都实为有感而发，直抒胸臆，或以景传情，情真无伪。

“旅游散记”一辑包括国内、异域见闻。游记力求清楚真实，无枝无蔓、无夸张藻饰。白天独自游览祖国名山大川的自然风光、人文景观，甚至边行边记下观感的零碎文字以备忘，在夜晚不顾疲劳乘兴整理记述，激情和喜爱在游记中都有所体现。至于异域风情走马观花，当时也无心动也无笔记，只是所历所遇的几件事倒是留下难忘的印象，过后回忆写出。

书稿付梓前，请固原师范高等专科学校原校长、宁夏文联原常务副主席、作协副主席慕岳先生作序；宁夏文史研究馆馆员、杰出艺术家、挚友齐英才兄题签书名。在此一并表示衷心感谢！

权振声

2022年6月

目录

杏坛耕耘

人事琐记

诗歌四十首

旅游散记

杏坛耕耘

教育——师心

是春意的信使，唤醒蒙昧结束冬眠。
是柔柔的东风，吹拂征程新绿无边。
是甘甜的雨露，滋润青草百花争妍。
是和煦的阳光，播撒莘莘学子心田。
你，为改变荒蛮蒙昧而来，
屡经磨砺，直到现代文明前沿。
你使弯木成材，你使幼树参天。
你把铁矿石冶炼成钢，
你给远行的航船扬起风帆！
迷途时你引路，消沉时你召唤。
疲惫时你加油，前进时你陪伴。
神游古往今来，阅研沧桑巨变。
习练琴艺书画，放眼科学之巅。
心儿与心儿融合，魂灵与魂灵交谈。
思考因相撞而闪光，生命因互动而灿烂。

求真求善求美， 乐群和谐温暖人间。
今生今世谨奉献，三尺讲台大如天。
哪怕道路曲折泥泞，何惧雾漫万水千山！
教书更育人，师志如石，师心如丹！

（2008年夏为《银川一中教研》刊物所写刊首寄语）

影响我一生的杨清南老师

我有幸于 20 世纪 60 年代初在固原中学高中部读书。那时虽物质匮乏、生活维艰，但那里却荟萃了来自全国各地重点大学毕业、德才兼备的优秀老师。正是在他们的教诲下，奠定了我人生继续深造前行的坚实基础。

岁月如流，一晃便是五十多年。当年的许多人事都依稀而遥远，但那些老师的音容笑貌、学识风范、谆谆教诲，还是那么不可磨灭。至今想起，犹心存敬意与感激。但我在这里要写的，却是一位并非科班出身，而是自学成才、从部队转业的文化教员，他引导我走上讲台、教书育人，整整影响了我几十年。他，就是我们固原中学 1963 届毕业班班主任和语文老师——杨清南。

那时的杨老师风华正茂、仪表堂堂，是难得的大帅哥。记得他戴着一副圆框眼镜，眼镜后面目光炯炯有神；宽阔而饱满的额头总是亮晶晶的，仿佛集聚着智慧。不论给我们讲课或平时说话，他脸上总带着和蔼亲切的笑容。加之他身上的精气神，班上的同学没有不尊敬他的。当然，杨老师也有皱眉的时候，但那往往是思考问题或遇到无可奈何的事情时。也许正是具有这样一种人格魅力，他带我们班，似乎没有费太大的神。

杨老师当班主任，可以说是高境界、大手笔。班级工作，抓大不苛小，班级间的考核评比成绩往往是不错的。他似乎把学校对班级繁琐的考评并不放在心上，而关注的焦点是我们的学习、生活、身体健康，是我们的进步成长。班务则全权交由班委会管理。他对学生一视同仁，从不带上“出身制”的有色眼镜看待他的学生。他尊重每一位学生的人格，不论是学习好的，或是学习差的；春风细雨，是他对待学生的方式。他磊落正直，从不唱高调、发豪言，而是注重实际，关心爱护我们。那时，因生活困难，“低标准，瓜菜代”，学生身体状况可想而知。每当勤工俭学劳动时，杨老师从不督促我们赶任务，总是叫我们量力而行，能做多少做多少，生怕我们的身体吃不消。他从不计较学生平素的细枝末节，从不婆婆妈妈地说这道那，使学生无所适从。班级考评中，偶尔出现卫生纪律等问题受到学校批评时，我们心里惴惴不安，可杨老师却总是微笑着说没啥，以后注意就行了，不但不批评，反倒安慰我们。现在回想起来，杨老师做班主任的几年，我还想不起杨老师板着面孔地批评、责备我们的场面。正是杨老师在管理班级中抓大不苛小，爱护体恤学生的做法，为我们创造了一个较为宽松融洽和谐的班集体环境，就连我们这些出身不好的学生也能够心情舒畅，自由轻松地成长着、进步着。

杨老师越是这样，我们越是在内心里加油，全班拧成一股绳，班内形成浓厚的学习氛围，发奋拼搏。果然，我们 63 届在高考时，17 人报名参加就有 9 人考上了大学。报考文科的 6 人，就有 4 人被大学本科录取。兰书臣同学以宁夏文科第一名的成绩考入北京大学历史系。理科中，刘海平同学考入西安交通大学。后来还有多名同学也被中专学校录取。这在当时的固原中学，乃至整个固原地区，都引起了轰动。这一年固原中学被确定为自治区重点中学。我们总算为杨老师增了光，杨老师也的确荣耀了一番。

再后来杨老师因遭人诬陷，被批斗劳改，之后又被派到一个偏远山区的公社中学任代课老师。因师资缺乏，他身兼数门课程。尽管如此，恢复高考后，他所带的班，同样考出了优异成绩，让从未出过大学生的山区放飞多名“金凤凰”，再次名声大振。

我后来当班主任教书育人时也继承了杨老师关爱体贴学生、尊重学生人格，对学生一视同仁的好传统。遗憾的是总是达不到杨老师的那种高境界。管理班级时我往往事无巨细、事必躬亲，不敢放手。甚至是婆婆妈妈，劳累了自己，耗费了精力，管理的班级也不能尽如人意。

每到夏天，杨老师就喜欢拿着一把扇子，慢悠悠地扇凉，大大咧咧的样子，但在治学和教学上，却是细如毫发，一丝不苟。我最爱听他讲文言文，他多年对《说文解字》潜心研究。我最敬佩他分析字词时在黑板上写出我们从未见过的甲骨文、钟鼎文。我印象最深的是他课堂上对字、词、句式的分析。他从字的形、声、义条分缕析，追根溯源，介绍汉字的演变与发展，词句古今的异同，使我深切地感受到中国古代文化的博大精深。一堂文言文课，我们收获的远远超出了一篇课文所承载的知识和思想。那时教学条件极其简陋，记得高考复习时，在小黑板上选一段文言文，让我们翻译、解释、分析便是每天的必修课。高考时，我们对文言文的阅读，已有一定水平了。

后来教书育人我也从未放弃过对文言文的学习和研究。给我的学生讲文言文时，就按照杨老师当年给我们讲解的方法，注重字、词、句式的分析，让学生不仅知其然，而且知其所以然，取得了较好的教学效果，提高了学生学习文言文的兴趣。

杨老师在作文教学上也很有特点，他善于调动学生对作文的写作兴趣。每篇作文都有具体精准的评语，评语多鼓励、多启发，从无指责性语言。讲评课中注重优秀作文的评析、交流和共享。每到讲评课发作文时，我就像过节一样兴奋。急忙翻看老师又写了什么评语，可以使我茅塞顿开。当自己的作文在讲评课上被当作范文讲评时，自己心里那种美滋滋的味儿是无法用语言形容的，这就激励自己更认真地写好下一篇作文。高中时的作文，毕业时我都认真装订成册，保存起来。我爱看杨老师那红红的、暖暖的精准而富有启发的评语。可惜后来，我心爱的高中作文合订本被一并当作“四旧”抄了去，那可是我几年辛勤的练笔，至今提起，仍惋惜不已。

作为一名语文老师，我非常重视作文教学。在重劳动轻学习的20世纪70年代初，我就留心学生作文典型材料的摘抄积累，重视学生作文的批改、评语及讲评，也常常和学生面对面讨论交流。讲评作文时，不但讲评优秀作文，还讲评精彩的段、句。即使质量一般的作文，只要有可取的一段文字、一句话，也摘抄在案讲评或表扬。这大大激发了学生写作文的兴趣，调动了学生写作文的积极性。我甚至把作文教学作为调动学生积极学习语文的突破口，以写促学，取得显著效果。这当然也与杨老师当年作文教学对我的教益和启发是分不开的。

值得一提的是，有一年在固原地区中学语文教学研讨会期间，我给当时固原师专中文系学生分享作文教学心得体会，正好是已调到固原师专主教中学语文教材教法的杨老师组织安排的。讲课前，杨老师殷切地鼓励我；课上给学生热情地介绍我；讲课时，满满两个小时，杨老师一直在台下陪着。我明白，这是他给当年的学生坐镇，期盼学生能顺利地讲完这次课。这就是我们的杨老师。我的那节课也算是给杨老师交了一份“合格的答卷”吧！

（本文收录在2016年8月由黄河出版传媒集团宁夏人民教育出版社出版发行的《我们的老师——那些逝去的岁月》一书）

素质教育与师德修养

自《中国教育改革和发展纲要》首次提出中小学要由应试教育转向全面提高国民素质的轨道,全面提高学生的思想道德、文化科学、劳动技能和身体心理素质，促进学生生动活泼地发展，办出各自的特色。素质教育思想不断完善和发展起来，尤其第三次全国教育工作会议把“全面推进素质教育”作为“当前我国现代化建设的紧迫任务”之后，全面实施素质教育的春天来了。

教育是“我国实现社会主义现代化的一条必由之路”。而“实施素质教育的关键在教师。建设高质量的教育,必须有高质量的教师”（《在第三次全国教育工作会议上的报告》）。教师良好的素质是搞好素质教育的前提和基础，是素质教育成功的保证。而在诸多素质中,师德,良好的师德修养,是每一个教师首先应具备的基本素质。国家教委《关于当前积极推进中小学素质教育的意见》中就明确指出:“……教师必须全面贯彻国家教育方针，树立正确的教育观、人才观，具有良好的师德。”著名教育家叶圣陶先生曾一针见血地指出：“教师欠缺修养功夫，教育事业的根本就得了病。”“如果大家把教师修养的问题丢在脑后，教育的前途实在有很大的危险。”这里所强调的“教师修养”，第一位的还是“师德修养”。

那么，教师良好的师德修养是什么呢?

师德修养要有良好的政治思想素质和科学的人生观。“文以载道”，语文学科是思想性极强的学科，语文教师正是凭借语文实现给学生理智和情感的教育，使学生潜移默化地受到真、善、美的熏陶，培养热爱祖国、热爱科学、热爱生活的情感，打好确立科学人生观的基础，学会做人，做好人，做高尚的人，做祖国有用之才，给学生终身受益的影响。不堪设想，一个情绪消沉，思想灰色，心理阴暗，精神颓废的老师，将会给学生以什么样的影响。因此，作为语文老师，任何时候都不要放松自己对政治思想素质的要求和修养，对科学人生观的追求和确立。

师德修养要有爱心。爱自己所从事的教育事业，爱自己的学生。有了这种爱心，就不会把教师的职业仅仅当作谋生的手段，而是把它当作终生的事业；就不会把自己看作一个教书匠，而是作为人类灵魂的工程师，教书育人；有了这种爱心，就会公正平等地对待学生，由衷地尊重信任学生，入微细致地关心爱护学生；有了这种爱心，才能循循善诱，诲人不倦；有了这种爱心，才会真正面向全体学生，在所谓差生身上找亮点，洒阳光，送温暖，雨露滋润，用心转化，而不是歧视、厌弃他们，只在尖子生身上倾热情，用心力，追求成绩；有了这种爱心，“严”必然是一种高瞻远瞩的爱，更加深刻的爱；没有这种爱心，“严”会变味为“苛”，学生稍不顺师心，便动辄斥责甚至体罚，严重伤害学生的自尊心，给学生一生造成心理阴影甚至酿成悲剧，这种现象还少吗？“凡是教师缺乏爱的地方，无论品格还是智慧都不能充分地自由的发展”（苏霍姆林斯基语）。

没有爱心，便没有教育。有了这种爱心，学生也会产生“回声”效应，亲近老师，爱戴老师，学生才能增强动力，乐意去学。这便是爱心的伟大力量。所以古人说：“亲其师，信其道。”爱如阳光，融冰化雪；爱如雨露，润物无声。为人师表，定要锤炼爱心不止。

师德修养要言行一致，以身作则。“真正的教育作用，在语言跟实际生活的一致上”（叶圣陶语）。身为老师，如果课上讲的是一套，课后做的又是另一套；只要求学生做，自己却我行我素，言行相悖，必然会失去学生的信任，直至对老师的人品产生怀疑，这样，教育还有什么用！在整个教育过程中，老师不以“身教”，“言教”必然虚假失真，苍白无力，导致教育失败。“其身正，不令而行”“桃李不言，下自成蹊”。教育，对教师来说，就是言行一致，以身作则，为人师表。“是故善为师者，既美其道，有慎其行”（董仲舒语）。教育学生求真、向善、爱美，老师就当先去求真、向善、爱美,使之达到真善美的境界。著名教育家陶行知先生在教育生涯中，躬身自明，身体力行的师表风范是我们光辉的榜样。

在全面实施素质教育的春天里，在新的世纪到来的时候，作为在教育园地辛勤耕耘了三十多年的老教师，语文老师，我也和同仁们一样，激情满怀，一定加强教师素质修养尤其重视师德修养，摆脱应试教育的羁绊,实践素质教育,为培养高素质创新人才发挥余热，再尽绵薄。

（2000 年全区中小学德育工作优秀论文评选活动中获自治区党委宣传部、自治区教育厅奖励）

我看班主任工作

在全面推进素质教育的今天，针对学校目前的实际情况，班主任工作究竟应该怎么做，是值得认真研究的课题。但总归离不开这两个词——紧抓与放手。

先说紧抓。干任何事情，“抓而不紧，等于不抓”。紧抓就要勤跟，当班级刚刚组建，好的班风尚未形成之时，尤为必要。勤跟不是当警察、做保姆，而是去及时发现问题，了解学生，获得抓的主动权。紧抓，对于学生尽快摒弃不良习气，养成良好习惯，至关重要。

紧抓，要严要求，高标准，从大处着眼。要按照中学教育的特点和规律去抓，抓中学生行为规范的贯彻落实，抓德智体美劳的全面发展，抓学生素质的全面提高。从这个大处着眼，抓班级工作才会有主心骨，才能抓得明确，抓得有目的。

班级工作最忌低层次地去抓。如果在考评中，班主任不是借此去促进本班学生对中学生行为规范的贯彻落实、素质的全面提高，不是为了促进班级建设、好的班风的形成，而是为了争第一，过分地计较，甚至为此在学生面前发雷霆之怒，学生则往往产生反感，消极对立，采取漠不关心的态度，使班主任工作陷入尴尬境地。

低层次地抓班级工作，常常是乱抓一气。头痛医头，脚痛医脚，哪里扣了分，哪里赶忙抓。这样抓来抓去，会抓得班级工作乱无头绪，抓得学生无所适从，使班级工作“搁浅”。有一种现象很有意思：当你一心要得第一、夺红旗的时候，第一、红旗往往被别的班级拿走；当你不把得第一、夺红旗放在心上，而是按照班级建设的计划和要求脚踏实地抓班级工作，抓中学生行为规范的贯彻落实、素质的提高时，第一、红旗反而属于你的班级，奇怪吗？此中有深意，值得班主任认真思索。

紧抓，还要从细小处着手。班级工作不能在鸡毛蒜皮上纠来缠去，要从学生的日常生活、学习中的小事情上发现问题，在带有倾向性的苗头上小题大做。有人随地吐痰，乱扔纸屑，你却视而不见；垃圾桶里不时有面包饼子，你却习以为常；张三突然频繁迟到，引不起你的注意；李四在升旗仪式时漫不经心，吊儿郎当，你竟熟视无睹……这就缺少了班主任的素质和警觉。班主任只有眼尖心细，能透过现象发现问题，在分析问题时抓住本质，善辨是非，才能把握住教育的时机，对学生进行具体扎实有针对性的思想教育。

紧抓，要坚持一贯性。班级工作最忌冷热病。一曝十寒，时紧时松的工作作风容易使班级纪律涣散，影响学生情绪，消磨上进劲头，产生怎么抓都无所谓的心理。时松时紧，多次反复，学生会形成不良作风，班集体松松垮垮，再要抓起来，可就不容易了。

紧抓，要和风细雨。学生是有人格的，中学受教育的过程，也是人格健全的过程。他们处在特定的年龄段，感情脆弱，性格倔强，心理上敏感，自尊心极强，如教育方法不当很容易产生逆反心理，对立情绪，使教育“砸锅”。与其当着全班学生的面批评所谓后进生，不如缺点背后找进步，发现其闪光点，帮他扬起上进的风帆；与其对犯错误的同学罚这罚那，伤其自尊心，不如言和色夷，师生朋友式的促膝谈心，给他稚嫩的心田送去微微春风，洒下滴滴雨露，照进缕缕阳光；与其向家长告状，揭其短，数其错，促使暴躁的家长采取棍棒政策，不如和家长一起探讨研究如何教育学生，促其转变的科学方法。

紧抓，要用灵活的方法，不放过任何教育的时机。我在做班主任工作时，还喜欢用诗歌的形式激励学生上进，通过给学生周记写评语的方式进行思想交流，心灵对话。我清楚地记得，曾有几位经常迟到、纪律散漫的学生，因偶然一次冒雨按时赶到学校上课的事，我便以诗歌的形式热情洋溢地在班级《表扬与批评》专栏里表扬后，这几位学生从此变得守纪律严要求了。一位学生在周记中写下了如下诗句表达他内心的苦闷和情绪的低落：“昨日愁未消，今日愁又涌；旧愁加新愁，愁愁压心头。怎能，怎能，承受这无限愁？如何，如何，抛之九霄云外？谁愿，谁能，帮我分担点点这愁？”我郑重地写下了评语规劝他：“莫愁，莫愁！乘青春年少，须在学业上加油！否则，韶华易逝，江河东流，到头来，学无长进，一事无成，却白了头，那才真个叫愁！愁！愁！”这种心灵对话式的评语交流，活泼有趣，润物无声，往往产生意想不到的效果。

紧抓，也不是死管和管死，不是班主任包打天下，而是要尽力提供、创造有利于学生个性特点发展的机会、条件和环境，让他们经常有锻炼、展示自己实践活动的平台，为其将来成为既有共性又有个性的高素质人才奠定基础。“学校班集体绝不是制造统一型号，统一规格的升学零件的机器。”（魏书生语），而应是学生个性特点，个人才华得以自由、充分、健康发展的沃土田园。

因此，在你紧抓之时，还得放手，放手让班委会根据本班实际定计划，提措施；放手让学生干部布置工作、实施计划、督促检查、评比总结。一句话，放手让学生自己管理自己。实践证明，这样往往能达到很好的效果。比如每周班会，由班主任唱“独角戏”和由学生干部不拘一格、花样翻新地主持，开展丰富多彩的活动，那情趣、那气氛和效果是截然不同的。

放手，并不是撒手不管、放任自流。班主任要善于运筹、热心指导、当好参谋，作出具体细致的分工，制定明确的岗位责任。班委会一般人马，谁负什么责，谁干什么事，得丁是丁，卯是卯。责任不明确，任务必然落空。

放手，还可每学期组建几个班委会领导班子“轮流执政”，任期满时，班委成员总结述职，学生评价鉴定。这种轮换制的好处是打破了学生干部“终身制”，避免“终身制”给一些“老干部”养成不良作风，给班级工作和他们的自身进步带来副作用；为更多的学生提供了锻炼自己、增长才干的机会；调动了学生的积极性，为班委会输进了新鲜血液，给班级带来了蓬勃朝气，出现非常欣慰的局面：往往是班主任还未想到，他们已组织同学们干起来了。“教是为了不教”的教育目的在此也得到了充分地体现。

“值周班长”制也是放手让学生大胆管理班级的有效途径之一。每周由一至两名学生负责班级一周的全面工作，提出具体要求任务，督促、检查、评价每天的各个环节，并如实作好值周记录，再交班委会检查审定，对“值周班长”的工作表现作出评价，最后由“值周班长”在下周班会上向全班汇报，表扬好的，指出问题，提出建议。同时听取同学的意见。

“值周班长”制付诸实施时，同学们认识、表现上也不尽一致。

有的同学从小学到初中到高中，一直受别人管已成习惯，猛然间让他自己去管理班级，总是不大习惯，畏首畏尾，拘谨推脱，放不开，拉不展。这一现象也正说明实践锻炼的重要性。“牛不下田，怎会耕田？”“王侯将相，宁有种乎？”为每一位正在成长中的中学生提供均等的锻炼平台，在实践中去增长才干，应是班主任义不容辞的责任。

不论是紧抓还是放手，爱心，以身作则，高尚的人格魅力是贯穿整个班主任工作过程的灵魂。在此不再赘述。

（2000 年 5 月《银川教育——银川一中专辑》，在全区中小学德育工作优秀论文评选活动中获自治区党委宣传部及自治区教育厅奖励，此次有所修改）

要重视培养学生读书的良好思维品质

——课文《项链》研究性学习教学后记

这里所说的读书的良好品质，主要是指勇于、善于质疑和独立思考的精神。

著名教育家叶圣陶的一句名言“教，就是为了不教”，其用意也是要教师在教学中以课文为例子，培养学生读书的良好思维品质，以提高自学能力。

“满堂灌”“填鸭式”之所以被坚决否定，就是因为这种传统的教学方式不同程度地在束缚着提高学生读书的思维品质。尤其20世纪90年代后期兴起的以实施创新精神和实践能力为主要目标的研究性学习，更见其对提高学生读书思维品质的重视程度。2002年新编全日制普通高级中学语文教学大纲明确规定语文教学必须“注重培养创新精神”“重视提高学生的思维品质”。语文老师应该把提高学生的读书思维品质作为教学中的重要任务。

对莫泊桑的世界名著《项链》一文进行研究性学习时，笔者试图引导学生主动培养这种良好思维品质。

《项链》的主题，传统的看法是讽刺小资产阶级虚荣心，批判追求资产阶级享乐思想，揭露资本主义罪恶，是对中学生进行艰苦朴素教育的反面教材。这也许就是当初该文能够入选中学教材的理由。多少年来语文老师就是用这样的基本观点教这一课文的，不敢越雷池一步。即使学生提出异议，教者也要搜罗理由用传统看法定论。这种做法，严重地扼杀了学生独立思考敢于质疑的精神，抑制了学生读书时良好思维品质的形成。

《项链》的主题和小说主人公玛蒂尔德究竟应如何理解看待？我尝试鼓励学生针对传统定论，独立思考，给学生大胆质疑的机会，通过研究性学习，寻求新的认识。为了激发学生大胆质疑、独立思考的激情，我特意介绍了外国评论家对《项链》的热烈赞扬，我国有关专家对玛蒂尔德夫妇的种种评说指责；亮出矛盾和对立面，创设思辨探求的氛围，活跃学生思维，见仁见智，畅所欲言。结果产生了很好的教学效果。以下文字是归纳整合了学生课堂交流发言及书面表达的主要观点。

“谁不爱美啊！爱美有什么错！向往过上幸福愉快、潇洒风光的生活，有啥可指责的？如果人人都没有向上的欲望，都去安贫乐道，社会能前进吗？”

“玛蒂尔德一开始幻想是多了些，但也是可以理解的。何况她丢失项链后，积极主动赔项链以及十年非同寻常的辛劳还债务的诚实品格，是值得我们敬佩和学习的！”

“人无完人，金无足赤。单就路瓦载夫人丢了别人东西就赔，欠人钱财定还，哪怕耗费自己十年的青春也在所不惜，这种诚信品质，难道还不能使我们现实生活中的一些‘老赖’甚至许多人汗颜吗？”

“虚荣心就一定不好吗？就小资产阶级有虚荣心吗？假如人人都没有一点虚荣心，就像没有一点精神胜利的东西世界会是个什么样子呢？”

“政治课教我们看问题的方法。看一个人要看他的主要方面，要发展地去看，既要看到缺点，更要看他人性中闪光的一面。不要拿放大镜找缺点，然后去嘲笑指责，那样世上还有好人吗？”

在研究讨论的基础上，最后师生共同归纳综合的基本看法是：《项链》的主题应该是表现人性的追求完美的。如弗莱思节夫人对朋友的热情慷慨、直爽不欺的品质不美吗？淳朴敦厚又善良的路瓦载先生对妻了的理解体贴，千方百计提供让她表现自我价值的机会，使她能够风光、得到幸福和满足（而他自己宁可受委屈），丢失项链后，路瓦载先生更是理解妻子的焦虑和恐惧，没有一点儿责怪和怨言，勇敢地承担起偿还债务的责任，以最真挚的爱体谅呵护妻子，与她同舟共济，患难相扶，艰苦工作了十年，还清了全部债务，这样好的丈夫、这样闪光的人性不值得赞扬吗？至于天生丽质而又年轻、善良质朴而又诚实的玛蒂尔德经过十年艰辛的磨炼，由当初的不切实际、想入非非最后能坦然面对现实，由爱慕虚荣到刚强自尊的人格转变，使我们看到一个没有被残酷现实所击倒，反而站立起一个堂堂正正、有着全新的人生态度、美丽而可爱的女性形象，这更看出作者不断追求人性完善的审美观……

同学们在学习讨论中倒是对传统看法赞同得少。其实，以前我国有关专家对中学课本有些课文的评论，或多或少受“安贫乐道”“不戚戚于贫贱，不汲汲于富贵”等传统观念及政治上“左”的思潮的影响，有意无意地上纲上线，阶级图解，忽略甚至视而不见作为一个“人”的人性的普遍性和复杂性，这需要在研究性学习中认真关注，重新审视。

研究性学习，不定框框，慎下结论，民主宽松，质疑探求，放飞思想，是培养学生读书良好思维品质的有效途径，它需要师生不懈地共同努力。

（写于 2003 年 6 月）

阅读中的领悟与比较

领悟，属阅读过程中的较高层次。所谓领悟，首先要从语言文字去领会蕴含其中的思想感情，进而理解这样的思想感情为什么用这样的语言文字表达而不用其他的语言文字表达，这就用得着比较。

有比较，才有鉴别；有比较，才能进一步培养领悟能力；有领悟，才能发现美的内涵和美的形式，激发学生认真读书的兴趣。缺少或没有领悟的读书生活必然是枯燥乏味的、事半功倍的苦差事。高中语文第三册第三单元《单元知识和训练》中《阅读训练》专题介绍了比较阅读，即“把内容和形式上有一定联系的读物加以比较，有分析地进行阅读，其作用在于通过比较，看清读物内容或形式上的相同点或相异点。这样我们就可以更清楚地认识读物的特征”。说得极是。单元教学法大概就是这种阅读方法的尝试和实践。我们不妨把这种阅读方法扩而大之，在同一篇课文里，对有可比条件而又值得一比的词语句段进行比较、领悟。

笔者在指导阅读时除了引导学生对可比性的课文进行比较阅读外，还在同一篇课文里就地取材，确定比较对象，挖掘潜力，创造条件，对包含丰富思想感情的词语或句子进行比较，在比较中领悟，或在领悟中比较，从而达到更深层次的理解。

现代作家孙犁的小说《荷花淀》“话别”一场里，水生嫂当听到丈夫说“明天我就要到大部队上去了”后，“女人的手指震动了一下，想是叫苇眉子划破了手。她把一个手指放到嘴里吮了一下。”人教版《教学参考》对这一意义颇丰的描写细节的句子作了如下分析：丈夫要参军到大部队上去，这是意料之中的，但是“明天”就走，又出乎意料。这消息无疑使她震动——手指的“震动”正是心灵震动的反射，一时间，多少复杂的情感涌上心头，几年的夫妻恩爱，可能的不测风云、可恨的鬼子、可爱的家乡……激烈的情绪冲撞，使她几乎难以自持，但她终于能够自持”“她把一个手指放在嘴里吮了一下”，她用这个动作平衡了自己的情绪；她不能让丈夫看出自己受到的震动，那是软弱的表现；她不能“拖尾巴”，她必须坚强。这是精当的分析，也是入情入理的想象。在阅读这篇课文时，可启发学生设身处地地替水生嫂着想，进入角色，充分想象，去揣摩在那个特定的情境之中的复杂情感，体味通过两个动作的细节描写对表现人物内心活动、复杂情感的作用；然后再变换设置几种水生嫂听丈夫说“明天我就要到大部队上去了”之后的反应，与原作这一细节进行比较，即使插上想象的翅膀飞翔，比起原作的描写来，都是味同嚼蜡。通过比较，他们深深领悟到只有动词“震动”“吮”这些动作细节的意义和作用才能含蓄优美、出神入化地表现出来，真是神来之笔。

通过想象进行比较，可以领悟出作家遣词造句的妙用。在阅读《邹忌讽齐王纳谏》一文时，提醒学生根据具体情境，想象模拟邹忌前后两次“窥镜”时的不同动作神态，进行比较，收到良好的教学效果。

阅读时要引导学生注意咬文嚼字，发现问题，寻根问底，并借助文眼和背景材料去捕捉语言传递或暗示的信息，领悟作家遣词造句的用意。

朱自清先生散文名篇《荷塘月色》一文中，在夜晚通往荷塘的路上有几句对此路的描写："这是一条幽僻的路，白天也少人走，夜晚更加寂寞"，从句式表达上看，"寂寞"一词是在继续描写路的。我给同学们提供了如下信息："寂寞"一词《辞海》的解释是（1）清静，无声；（2）冷落，孤独。《现代汉语词典》解释为（1）孤单冷清；（2）清静，寂静。它们的解释基本一致。让他们选择。同学们起先都选用《辞海》解释（1）和《现代汉语词典》解释（2），这当然没错。那么还有其他含义吗？我进一步引导学生寻找全篇文眼，结合作家写此文时的时代背景及作家当时的立场和心情去思考讨论，结果大多数同学都能感悟到"寂寞"一词是既写路，也写人，是作者借此暗示自己苦闷彷徨孤独的心情。"寂寞"一词直通文眼——"这几天我的心里颇不宁静"。

对有些有弦外之音的词语，还要创造条件启发提示，比较领悟。鲁迅小说《祝福》一开头鲁镇的"旧历年底毕竟最像年底……"一句中，为什么要用副词"毕竟"作修饰，学生不见得在读书中能领悟到。在学习这篇小说时，笔者作了如下的启发提示："毕竟"一词在《现代汉语词典》里的意思是"表示追根究底所得的结论"。可见开头"毕竟最像年底"的结论是作者追根究底了一番，才字斟句酌地写下的。那么作者是怎么追根究底的？这一提示，使学生感到"毕竟"一词在这句里的确是大有讲究的。同时，除了课文开头鲁镇的"旧历年底毕竟最像年底"的结论外，如去掉副词"毕竟"，再假设提出两种结论：鲁镇的"旧历的年底最像年底"，鲁镇的"旧历的年底最不像年底”。比较三种结论的表达哪一种最恰当。学生经过比较思考后基本上能达到这样的共识：要说鲁镇的“旧历年底最像年底”，这对大多数穷人来说是不符合的，旧社会穷人每到年底交不起地租，还不起债，家里冰锅冷灶，甚至背井离乡、家破人亡，过年如过鬼门关，还能有“最像年底”热闹祝福的景象吗？要说“旧历的年底最不像年底”，这对少数富人也不合适，何况年终祝福大典在鲁镇是“年年如此，家家如此——只要买得起福礼和爆竹之类的——今年自然也如此。”这有鲁镇年终祝福热闹忙碌的景象为证。但是这与穷人家中的潦倒的景况极不和谐，作者对这种气氛也是反感和贬抑的。这由课文中“沉重”的晚云，“阴暗”的天色，“将鲁镇乱作一团”等语句看出。半殖民地半封建的旧中国，即使辛亥革命十多年以后，贫富的悬殊，社会的不公，农村风俗习惯依旧，封建思想依旧的现状，使作者深感激愤，所以作者借“我”的感觉在“最像年底“之前冠以“毕竟”这一副词，既准确深沉地表达了这一心情，又对这一景象表示了深刻的讽刺。真是一字千金。

指导学生阅读时，切不可放过名家名篇中看似漫不经心、信手拈来，实则颇含深意的语句。鲁迅小说《阿 Q 正传》“革命”一章介绍小说主人公阿 Q 对革命的看法和态度，“以为革命党便是造反，造反便是与他为难，所以一向是‘深恶而痛绝之’的”，这句话的前面，作者好像是信手拈来、漫不经心地写了这么一句：“但他有一种不知从哪里来的意见”，作者真不知阿 Q 对革命的偏见和态度是从哪里来的吗？当然不是，相反，这是作者着意暗示读者去深思的重要一笔，可是学生容易忽略过去，老师可在适当时机设疑——“阿 Q 对革命的这种意见到底是从哪里来的？”以促使学生思考领悟。经过一番思考，一般都能领悟到：历代的统治者对危害他们统治的言论、行为，统统视为犯上作乱，大逆不道，稍有越轨，便定以“造反”的罪名，这种反动宣传，久而久之，便成为一种传统的思想，并对被统治者以很大影响，在这种社会长期浸染之下，他们“每每拿统治阶级的思想，作为自己的思想”。阿Q作为被压迫阶级的一员，当然不能例外。学生领悟到这一层之后，再把这句话改为“阿Q由于长期受封建统治阶级思想毒害，便错误地认为……”和原句进行比较，同学们便用笑声否定了这又直又露，把观点硬塞给读者，剥夺读者思考权力的表达方式，同时更具体地体会到作者这样写的好处。

指导学生阅读时，要适当选取介绍课文的某些修改佳例，尤其名家名篇的修改佳例，将修改前后的词语比较研究，从中领悟修改后的好处，学习写作的方法和规律，学习作家严谨、一丝不苟的写作态度和精神。关于这点，我曾在《词语教学例谈》一文中有较详细的举例说明，在此不再赘述。

惠列赛耶夫曾说：“应该这么写，必须从大作家们的完成了的作品中去领会，那么，不应该那么写这一面，恐怕最好是从那同一作品的未定稿本去学习了。在这里，简直好像艺术家在对我们用‘实物教授’。恰如他指着每一行，直接对我们这样说——你看——哪，这是应该删去的。这要缩短，这要改作，因为不自然了。在这里，还得加些渲染，使形象更显豁些。”如果选用名家的修改佳例给学生进行“实物教授”，不用老师耗费口舌，学生也会领悟——从内涵到写法。所以鲁迅也曾赞扬“这确是极有益处的学习方法”。

当然真正的领悟能力的提高，仅仅靠语文课上阅读的课文是极有限的，还要有课外一定的阅读量。书读得多了，才能提高领悟能力，给人思想上以更多的启发，扩大眼界，丰富知识，提高认识，增长智慧，变得聪明。所以古人要求读书人“读万卷书，行万里路”“必尽读天下之书，尽通天下之事”。中外大文豪大文学家都很重视读书，并且都是读过许多书的，甚至一生都是手不释卷，嗜书如命。

正是由于读书的重要性，苏霍姆林斯基就曾要求，中学生应当有三分之一的时间在图书馆里度过，活在书籍的世界里。可是现实当中，中学生的读书状况令人担忧。由于众所周知的原因，各种数不尽的练习题使他们泡在题海中，做题的能力、考试的能力是提高了，但素质是否真正提高了？有人说，双休日、节假日总可以有时间读读书吧！现在的中学生双休日、节假日更忙，除了要完成布置的大量作业，还要上这个班，那个班，去补差，去提高，可以用“疲于奔命”四个字来形容他们，哪里还有时间能静下心来读书！没有一定数量的读书经历，就谈不上会读书。中学生是人生读书学习的黄金时代，如果这时不能认真去读书，没有最大限度地多读些书，还没有学会读书，这是影响终身发展的憾事，影响提高素质的大事。全国中学语文教学研究会副会长陈钟梁先生说：“当前，中国中学生最大缺陷，可能就是习题做得太多，书读得太少，文化底蕴不足。”这的确是一语中的，不能不引起教育界乃至全社会足够的重视。

作为语文教师所能做到的除了在语文课上减少繁琐的分析，去掉没有多大用处的形式，把时间还给学生，在老师有效的指导下让学生自己去读书去领悟外，还要想方设法克服困难和阻力，引导学生在课外有计划地多读书，读杂书，这将对促进他们素质的提高大有裨益。

（1999 年 10 月第 7 届全国中学语文教学研究会论文，宁夏人民出版社《宁夏银川一中教育教学文选》）

步步引导，循序渐进

由浅入深，由简单到复杂，这是人们认识事物的规律。作文教学中，也必须遵循这一规律，采取步步引导的方法，循序渐进。

一次我教完《秋色赋》等散文，想以《春雨赋》为题，练写抒情性散文。又感到难度大些，怕学生不易完成，于是我采用先易后难的做法，先以《春雨》为题，只要求学生对春雨描绘，写出春雨的特点及作用就行，学生写起来比较顺手。请看下面一篇。

朔方的春天总是姗姗来迟，春雨更是如此。俗话说“春雨贵似油”，春天的雨来得迟，去得快，淅淅沥沥地洒下那么几点，便迅速地飘忽而去，真有那么一种“贵似油”的劲儿。

在我们这儿，说“春雨”，其实是不确切的。而往往是雨中带雪，雪中有雨。但春天的雪存在是不长久的。有时看着是雪，眨眼间变成了雨水，和雨浑然一体了。

春雨虽是淅淅沥沥的，雨中带雪但就是那么一点点带雪的雨，却是世间万物的“催生剂”。一经春雨的滋润，它们便一下子复苏、生长起来。“天街小雨润如酥，草色遥看近却无。”但等过几天你再看，它们全从地下冒出来了。

春雨是酥润的，也是温暖的。雨后晴空湛蓝湛蓝的。山川也好像往外喷射着一种淡乳白色的雾气。给人一种暖融融的感觉。

这是一个写作能力较强的学生写的。对春雨的描绘形象，对其特点、作用从容道来，自己的主观感受也写得娓娓动听。第一次作文的要求达到了。讲评时，我又引导学生不要满足于此。指出散文尤其写景咏物的抒情性散文，要有想象和联想，要有寓意，要能由此及彼，紧扣事物的内在联系说开去。否则，作文就缺乏思想性甚至没有灵魂。我在启发学生广开思路的基础上，要求学生以《春雨赋》为题，按抒情散文的特点，借助春雨触发主观的想象和联想，发表对现实生活中某一方面的见解，抒发自己的感情。有第一篇作文做基础，加之评讲、指导时的分析、启发，就是要求有一定难度的第二篇作文《春雨赋》，学生写起来也不感到困难。下面是一位学生写的《春雨斌》。

春雨随着春姑娘的脚步轻歌曼舞姗姗而来了。当她轻轻地降落在大地宽厚的胸脯时，冬小麦在冬眠中笑了——那充满着生命力的绿色像是对春雨施恩的报答；湿漉漉的田野散发出缕缕泥土的清香，像是为春雨光临而奉献的礼品；杨柳的细枝在徐风的吹拂下轻轻摇曳，翠翠的芽叶上贴着滢滢欲滴的雨珠，这使得杨柳焕发了青春；从南方返回的一只只呢喃的燕子，在雨丝中穿来穿去，忙乎着筑巢建窝，为生儿育女、安居乐业赶工劳作。

几位农人蹲在雨地里，任凉飕飕、清爽爽的毛毛雨洒在头上、脸上、身上，沁人心田。他们边沐浴着春雨，边兴致勃勃地预测着，议论着今年的好收成。他们虽不知“好雨知时节，当春乃发生，随风潜入夜，润物细无声”的珠玑诗句，但他们却深知“春雨贵似油”的谚语，比谁都明白春雨的贵重。是啊，如有阳春第一场透雨，今年的收成就稳拿了一半！无怪乎农人们对与自己结着不解之缘的春雨寄托着无限深情。

一个农人感慨地说：“自从包产到户，春雨也像懂得咱们心思一样，正需要她，她就来了。”

“这就叫天遂人愿啊！看起来不愁往后没好日子过哟！”另一个也高兴地说。

“咳，说千道万，咱是沾了新政策的光。我那上中学的老大打比方说，新政策就是普降在广大农村的‘甘霖’，下给咱亿万农民的‘春雨’。”——又一个农人刚说到这儿，几个农人同时竖起了大拇指，齐声夸赞“你家盼盼到底有文化，这话都说到咱们心坎里去了！”

可不是，当辛勤的农民在“春旱”中苦苦挣扎的时候，他们望眼欲穿盼“春雨”。党的十一届三中全会以来，“春雨”连连，首先使这些“久旱的禾苗”出现了生机，他们在“春雨”的滋润下精神焕发，凭着勤劳自信，艰苦奋斗，浑身是劲地奔向好日子。

春雨，及时雨！下吧，下吧！

这篇作文的联想自然，由此及彼抒发的感情真实自然，思想内容有一定深度。

再比如练写人物，我先教学生练写人物外貌、动作、对话、神态、心理活动、环境描写及细节描写等片段，然后概述几件事，具体记叙一件事，在这样练写的基础上，再全面地记叙他们所熟悉的一个人。

（载《宁夏教育》1984年第16期）

作文教学札记

一些学生对作文不感兴趣，写不出好文章，与教师命题、指导有关系。有一次作文课给了我很深的启示。

学期开始，我订好一学期的作文计划，每次作文，题目都是定好了的，基本按计划进行。

有一天，从早晨起，雨就下个不停，我看见走读的学生打着伞、穿着雨衣三一伙五一群地向学校走来。那些蘑菇似的、花花绿绿的伞，远远看去，煞是好看。我心里一动，决定今天的作文题目改变原计划，出一个“咏伞”的文题，凑巧我刚教过散文。我开始冷静地考虑，我该做些什么启发引导工作，使同学写好这篇散文。我想到艾青的一首关于“伞”的童话诗。这首诗可以成为启发学生联想、想象的酵母。

开始上作文课。我没有直接涉及作文题，而是进行了关于雨伞的谈话。

我说：“呵！讲台边上放了这么多伞！今天大家都能准时来学校上课，得要感谢这些伞。没有它们，我们都要变成落汤鸡了，说不定还要淋出病来呢！”同学们笑了。

我又说，伞，虽然不会说话，无知无觉，但它却有一种内在的美。它默默地替人遮阳挡雨，因此而缩短自己的寿命；破损了，只要你不嫌弃它，愿意修补它，它仍然乐意和你结伴而行，尽它应尽的职责。

学生听到这里，显然对伞有了一种新的认识，一个个显出沉思之状。为了使他们对伞有一个更深刻的了解和认识，我给他们朗诵了艾青关于伞的童话诗：“早晨，我问伞：/你喜欢太阳晒/还是喜欢雨淋？”/伞笑了，它说：“我考虑的不是这些。”/我追问它：“你考虑些什么？”/伞说：“我想的是——雨天，不让大家衣服淋湿；/晴天，我是大家头上的云。”从学生的表情上，我看得出，他们已沉浸在一种艺术的享受中。

这时，我在黑板上写了两个醒目的大字：咏伞。我指着这两个字说：“这就是我们今天的作文题，要求写成抒情散文。”

这次作文，大多数学生当堂作完，达到了训练要求，还出现了一些有骨有肉、有情有景，联想丰富、思想深刻的好作文。现摘录几段如下。

雨，好大的雨啊！暴雨之中，谁是旅客的助手？太阳，似火的太阳啊！骄阳之下，谁是行人的好友？是你，伞！你是暴雨中的亭子，你是烈日下的浓荫……

当人们不用你的时候，你尽量收缩你的身躯，甘愿退居不引人注目的角落。也许，你时时思索着，什么时候人们需要我，我再去尽职，为他们遮阳挡雨。你那高尚的情操，宛若一块洁白无瑕的美玉。

可敬的“伞”啊，你对人毫无所求，你给予人的，却是永恒的温情和友谊。

我曾在白求恩输给八路军的血液里看到了你的品格；我曾在雷锋的日记里看到了你的精神！每看到你，我常常想起人民的公仆——敬爱的周总理……

回顾起来，这次作文指导，大致两个步骤：一、在一个特定的环境里（雨天），引出关于伞的话题，动之以情，启之以理，引导学生对伞的具体感受，产生对伞的情感；二、通过朗诵著名诗人艾青关于“伞”的童话诗，使学生在美妙的诗的意境中受到熏陶，借诗人的激情来接通学生感情的喷泉；借诗中揭示的关于伞的崇高的心灵境界，使学生对伞的认识有个飞跃，对伞产生一种崇敬之情，从而明了伞的自然属性中某种与人的社会属性相通的联结点，引出关于“伞”的联想。这时，无知无觉的伞，便在学生心目中“活了起来”，所以个个都跃跃欲试，如鲠在喉，不吐不快。提起笔来，也就情意满腔，浮想联翩了。

这次作文命题及指导还使我认识到，作文教学要制订计划，但也不能死守计划，有时还可根据情况，随机应变，相机出题并指导，这样，才能使作文教学活起来。

（载《宁夏教育》1985 年第 10 期）

在比较中复习

——高三语文总复习初谈

叶圣陶先生在谈到阅读方法时，非常重视比较的作用。事物的特征，往往通过比较被揭示出来。比较是人们认识事物的最基本的方法。

高三语文总复习时，如能依据教学大纲，结合学生实际，用比较法指导学生复习,不但可以解决复习时间紧与教材内容多的矛盾，而且能够有效地帮助学生掌握学习的规律，提高应考能力。

一、同文体比较，注意同中求异

阅读复习，打破原册教学界限，按体裁归类，以短文为指导，逐类复习。文言文也可按其文体归到相应体裁的现代文里。

在一段时间里集中比较复习同一类体裁的课文，教师备课更充分，学生复习目的更明确，任务确定，内容集中专一。通过比较，既认识其共性掌握规律性的知识，又明确各课文的个性特点从而获得比较完整系统的知识。

记叙文的复习，可在有关记叙文知识短文的指导下，启发学生从以下几个方面进行比较：

1. 中心的表现方法，包括刻画人物、叙述事件、描写环境（场面）、写景状物等；

2. 记叙的结构方式，表现素材之间内在的关系线索，组织素材的方法和顺序等；

3. 语言的表达方式，包括记叙、议论、说明、描写、抒情等各种表达方式的综合运用，情景交融的写法，景物描写、细节描写、人物描写的综合运用等。

说明文的复习，可在有关说明文知识短文的指导下，从说明对象、说明方法、说明顺序和语言表达等方面进行比较。

议论文的复习，可在有关议论文知识短文指导下，从提出论点的方式、论据类型、论证方法、结构方式、语言表达等方面比较。

二、不同文体比较，注意区别表达方式

中学语文课本中各种文体的主要表达方式，学生一般认识肤浅或模糊。特别是学生在写作实践中对不同文体的主要表达方式和其他表达方式的交叉运用上，往往主次颠倒，喧宾夺主，把握不住分寸。写议论文，举例时文字过多过细，不会概括性叙述；写记叙文，叙述空泛，议论过于频繁；至于说明文的写作，问题更多。复习时，不同文体的课文进行比较分析，首先要在不同的表达方式上进行。在比较中着重使学生区别清楚：议论文中叙述重在概括（有些为人所熟知的事例点到为止即可），常常是通过概括事实引出论点，或是作为论证某一论点甚至中心论点的论据；议论文的描写，重在抓住特点作简要的勾画等。因此无论记叙、描写、抒情还是说明，都是以说理为基础，为说理服务的。记叙文在叙述描写的基础上，适

当采用议论的方式，表明作者的看法和态度，以增强表达效果，突出中心。但议论一定要适可而止，恰到好处。记叙文中描写性的说明只是为了表达主观感情而不是为了解释客观事物，这和说明文中的说明不同。说明文中的其他表达方式目的是辅助说明，把说明的对象解释得更清楚些。

通过把课文、段落作为一个个例子来进行比较分析，学生在复习后对不同文体的表达方式，区别就清楚多了。如果能在写作中对几种表达方式及其交叉运用再进行一番比较性练习，效果会更好。

阅读比较复习中，要特别重视课文后“思考与练习”中的短文。这些短文往往是比较分析的好例子。如高二册《五人墓碑记》和该课文后“思考和练习”中《明史、周顺昌传》的摘要，从作者立场、选材、谋篇，主题思想等正反对照中增强辨别力；高三册《失街亭》和该课后“思考与练习”中《三国志》中摘录的两段史料比较，了解演义小说与史书的不同特点和写法。也可以引进课外文章，比如复习高一册朱自清散文名篇《荷塘月色》时，除了可把初中语文课本第三册议论短篇《爱莲说》拿来比较分析外，还可给学生介绍《辞海》对“荷”的释文（此为典型的说明性文字）进行比较分析。另外，象峻青的《秋色赋》与欧阳修的《秋声赋》，秦牧的《土地》与刘增山的《泥土，珍贵的泥土》，唐弢的《琐忆》与巴金的《我所认识的鲁迅》，巴金的《灯》与俄国弗·柯罗连科的《灯光》等，都可精心设计练习、思考题，指导学生在比较中复习。

教学实践证明，同题材的几篇文章（不论同一体裁或不同体裁）放在一起进行比较，就可以体会作家们对同一题材是如何从不同角度去观察去思考的，是如何立意、布局，用什么不同或相同的写法去表现相同的或又不同的主题思想的。这样的对比越强烈、越明显、越深刻，对学生求同思维、求异思维的锻炼培养效果就越显著。

三、在不同的语境中比较，准确地理解词语的含义

词义是一个复杂现象。仅从词语自身看，既有词语字面所表达的意思，即词语的本义；也有从词语字面不易发现的潜在意思，即词语在具体语境中的思想内容。如“经验”一词，在“大会上他交流了经验”一句中，意思是“由实践得来的知识或技能”，当名词讲；在“我从来没有经验过”一句中，指“经历”，当动词讲；而在“这是经验之谈”一句中，却充当形容词，起修饰作用。“翩跹”一词，《现代汉语词典》解释为“形象旋转舞动”；可是在“兄弟姊妹舞翩跹”和“百年魔鬼舞翩跹”两诗句中都作如是解就大错特错了，因为在这两个不同的语言环境里，这个词不但感情色彩不同，就是词语的含义也有别。“旌旗”一词，在“山下旌旗在望”一句中指“军旗”，而在“旌旗十万斩闫罗”一句中却借代为部队。所以仅仅在词典里查找词语的意义，永远也感受不到作品中好的语言的神韵。只有把词语放在相关的语境去揣摩，才能体会出作家的妙用。特别是有的词语在不同的语言环境中，其意义差异微妙或甚远，如不引导学生结合不同语境比较理解、体味，将会影响到对句段甚至整篇文章内容的理解。在复习的教与学中，如果把注意力放在对词语表面所表达的意思即本义上，不厌其烦地抄写整篇词语，孤立地去查字典，作解释，死记硬背，而对词语在课文所处语言环境中的思想内容感情等却忽略了，其教学复习效果就可想而知。

在不同语境中比较词语，主要考查词语字面不易发现的潜在意思。特别是词语在不同语境中词性的转换，感情色彩上的褒贬义，修辞方面的借代，词语的比喻义，双关，婉言义，反语义，等等，

是学生复习阅读时在语言理解上的难点，复习教学中一定要引导他们在不同的语境的比较中去体味揣摩。

课后“思考与练习”中一组近义词的选择填空题，则是在同一语言环境中几个近义词的比较，复习时也要重视。要求学生在比较辨析之后，不但能选择填写准确，而且要能说出选择某个词的理由，这无疑会加深对词语及句子含义的理解，提高阅读写作能力。

要真正有效地用比较法进行高三语文总复习，也不是一件容易的事。它要求教师要知识渊博，熟悉教材，吃透教材，随时可以启发学生用对比联想引出各册课本中所要比较的篇、段、句、词等。应达到信手拈来，脱口而出，如数家珍的程度。二要在平时坚持广泛搜集、选编、积累典型的比较题型，以供学生在复习时有目的有计划地思考练习。三要经常回收反馈来自学生的复习信息（包括复习进度、意见和建议），随时总结经验，吸取教训，不断改进比较复习的方法，提高用比较法复习的水平。

（载《宁夏教育学院学报》1989 年第 1 期（有删减））

作文教学要培养学生大胆质疑独立思考的习惯和能力

学生作文中空话多，套话多，缺乏个性，千篇一律的问题至今未能很好地解决。原因种种，但从学生方面看，是认识水平低，思想不活跃，缺少大胆质疑独立思考的习惯和能力。

近几年，我除了提倡和规定学生经常读报刊，加强课外阅读，逐渐拓宽知识面，提高思想认识水平外，写作教学中还特别注重了培养学生大胆质疑、独立思考的习惯和能力。

一、启发、鼓励学生消除自卑心理，增强大胆质疑、独立思考的勇气和信心

我们学校地处山区，学生囿于环境，见寡识少，往往把自己装在某种崇拜、迷信的套子里，存在着自卑感，习惯于死记硬背，作起作文来，人云亦云，东拼西凑，不敢大胆质疑，独立思考，不敢越雷池一步。针对这种情况，我首先启发、鼓励学生克服这种自卑心理，增强大胆质疑、独立思考的勇气和信心。

我以《石钟山》一文为例，给学生讲述唐宋八大家之一的苏轼

当初进行实地考察，对石钟山的命名缘由提出了新的看法，“叹郦元之简，而笑李渤之陋也”，推翻了前人论断。可是时隔几百年之后，曾国藩却指出：“石钟山者，山中空，形如钟，钟山以形言之，非以声言之。”否定了这位伟人的看法。从而启发学生在认识上明白任何一个伟人不可能都是十全十美的,任何人都不可能穷尽真理，而不论谁，也都有发现新知的可能。

我还讲述郭沫若先生写“反七步诗”的故事。曹植《七步诗》“煮豆燃豆萁，豆在釜中泣；本是同根生，相煎何太急？”可是郭沫若先生却说：“站在豆的一方面来说，固然可以感觉到萁的煎迫未免过火；如果站在萁的一方面说，不又是富有牺牲精神的表现？”于是他打破千百年来人们的传统看法，写出了一首“反七步诗”：“煮豆燃豆萁，豆熟萁已灰；熟者席上珍，灰作田中肥。不为同根生，缘何甘自毁？”我让同学们感受和学习郭沫若先生从曹植“七步诗”引出的“反七步诗”所表现出的那种独立思考的精神。

我还挑选报刊上一些有独到见解、标新立异的文章（尤其是中学生的习作）给学生看，对班上有个性有新意的作文进行讲评，充分肯定，热情赞扬，促使学生形成这样一种心理状态：他是学生，我也是学生，他能够标新立异与众不同，我为什么不能？从而克服自卑心理，增强了大胆质疑、独立思考的勇气和信心。

我启发学生认识：20 世纪 80 年代的青少年，独立思考，探求新知识，是时代的需要；强调“独立思考是世界上最美的花朵”。古今中外，凡是在事业上取得成就的人，无不得益于独立思考。而独立思考如果是思维海洋中的一叶小舟，勇气和信心便是小舟上挂起的鼓满风的帆。这时学生在心理上会产生一种质疑、思考、发现的欲望，从而调动大脑这部机器运转起来。在写作实践中有意地用自己的眼光看，用自己的头脑想，培养独立思考的习惯和能力。

二、启发、引导学生逐步掌握独立思考的方向和方法

独立思考不等于胡思乱想。为了使学生独立思考不要陷入盲目性，具有科学性，我便给学生介绍有关人们思维的一些基本知识，讲求同思维，讲求异思维，讲作文中观察思考的多角度，构思立意的独特性，分析讲评一些有新意，有创见的文章的思路和方法，让典型引路。在此基础上引导学生练习同一题目不同文体的写法，同一材料不同角度的写法，不同材料同一中心的写法。为了集思广益，开启思路，我常常在课堂上或提供一段材料，讲述一则故事，展示一幅漫画；或就一篇文章，一部影片，让学生分组酝酿讨论。从不同角度拟出一些作文题目，再由各组汇拢，整理出一组有不同侧重点的有新意的题目，然后让学生选择作文，进行多向思维练习。有时让学生就某些观点、看法，进行反向思维练习讨论，反弹琵琶，别出心裁，发表独到见解。这时学生会见仁见智，想法五花八门。这种集中思考的讨论练习，互相诱发，使那些思路较死的学生也能开窍，从而使学生在独立思考中有了方向，有了方法；认识到独立思考也不是高不可攀，而是伸手可及。对独立思考，琢磨新意，另辟蹊径有了兴趣信心。

三、紧密结合学生的学习、生活实际，有针对性地出题目，指范围，给材料，使独立思考有个基础，有“用武之地”

1. 选入中学教材的课文，一般说，都是典范文章。面对这些范文，学生往往只朝好处想，很少产生有不足或问题的意念。这时我就鼓励学生“书无完书，文无完文”“即使鸡蛋也要挑骨头”，启发引导他们评析课文中存在的不足或问题。这类作文往往在设疑、点拨讨论后再去写。在讨论的热潮中，学生思路畅通，思维活跃，写作的愿望也强烈，往往能写出新意，写出独到见解。学了《六国论》，就引导学生对课文的中心论点“六国破灭，弊在赂秦”重新审查。启发学生根据当时史实，运用历史唯物主义观点分析六国灭亡的根本原因，进行讨论，然后以《“六国破灭”，果真是“弊在赂秦”吗？》为题，写成小论文。学了贾谊的《论积贮疏》，引导学生对“仓廪实而知礼节”生疑，讨论。最后以《“仓廪实”就一定能使民“知礼节”吗？》为题，结合当今世界现状，进行讨论。学了韩愈千古不朽的名篇《师说》之后，我以《评“师者，所以传道、授业、解惑也”》为题，结合教改的根本任务，培养学生成为有道德、有思想、有能力的一代新人这一贯穿教学过程的主线课题，启发学生讨论作文，对老师的作用进行新的认识、补充和评价。

2. 学生对老师，如同对书本一样，也是比较迷信的。即使学生对老师有看法，有意见，也是藏在心里，不去多想，写起有关老师的作文来，总是千人一面地“歌功颂德”。为了培养学生大胆质疑，独立思考的习惯和能力，针对这一情况，我鼓励学生在作文中写评教（包括教德和教法）的短文，教育学生“人无完人”，指出评教和尊师并不矛盾，使学生消除顾虑，大胆思考，勇于评教。几年来，围绕“评教”，先后练写过这样一些题目：《老师，我想对你说》《假如我是语文老师》《给老师进一言》《小议“风度”和“架子”》《满堂灌何时了！》《只要教师的心好就行了吗？》《严不等于粗暴》《师生之间的感情因素对教与学的影响》《我不喜欢这样的老师》《我喜欢这样的老师》等。面对这些容易拨动学生心弦的题目，学生作文时就会进入深深的思索之中，把众多老师的音容笑貌，言谈举止，所作所为进行综合、分析、整理，最后流于笔端，写出了一些有见地的作文，提出了许多值得我们教师深思反省的问题。

3. 引导学生打开生活的大门，写生活的世界，培养对生活现象观察思考的习惯和能力。

我除了要求学生写歌颂党的十一届三中全会以来社会上展现的新风貌，新道德外，也引导学生对当前存在的问题深入思考，搞清楚什么是主流，什么是支流；什么是本质，什么是表象；从而明辨是非，锻炼观察思考分析能力。

我要求学生凡事多问几个为什么，到底是否有道理，然后通过作文的形式发表意见。既给学生提供范围、提供材料（社会的、家庭的、学校的），也提倡学生根据自己所见所闻所感随时拟题作文，做到常用脑思考、常动手写作，开展大胆质疑独立思考竞赛，交流独立思考成果，因而独立思考之风渐起，有什么新的想法或见解，也敢于在作文中写出来。比如我们学校因安全问题，曾规定除极少数离家五里以外的学生可以骑自行车外，其他一律禁止骑自行车上学，有的学生在作文中对学校这种规定质疑批评，大胆发表自己的看法。

4. 组织学生搜集本地区的俗语、谚语，并对一些寓有传统观念的俗语、谚语进行再认识。几年来，先后评论过："棍棒底下出孝子""不打不成才""车到山前自有路""命里该受穷，哪怕你走到天里头""女人头发长，见识短""青年人嘴上没毛，办事不牢"等俗语，这些俗语千百年来，接代传代，人们一直把它们当作金科玉律似的挂在嘴上。作文时，先启发学生对这些俗语的正确性质疑，再进一步引导学生自己去解决这些疑问。这就促使学生去认识，去分析，要写成文，发表一番与世俗相反的见解，必然要认真地独立思考，进行一番创造性的脑力劳动才能完成。

5. 对近几年出现的一些流行说法如“多种花，少栽刺，留下人情好办事”“学好数理化，不如有个好爸爸”等，启发学生写作文发表看法；有时，对一些成语如“眼高手低”“班门弄斧”等贬义褒写。

这类练习，对培养学生独立思考的习惯和能力，有重要作用。

四、写作教学中培养学生大胆质疑独立思考的习惯和能力，归根结底，老师首先要取得学生的充分信任

信任是一把万能钥匙，它可以打开学生心灵深处的各种铁锁。而当看到学生独立思考后在作文中对你娓娓谈心，大胆发表自己的看法，无话不写的时候，作为老师，被学生充分信任的那种幸福感也会油然而生的。为了不挫伤学生大胆质疑、独立思考的积极性，我对于学生作文中出现的偏激，片面甚至错误观点，从不拿在全班示众，对带有普遍性的问题，组织大家通过讨论来统一和提高认识，解决问题；对个别性的问题，采取个别谈话的方式，帮助他分析其不妥或错误所在，指出正确的思维方法，如果一时还转不过弯来，还想不通，也允许保留看法，慢慢再认识。个别谈话时，要特别注意以平等态度相待，心平气和，交流商讨，决不能居高临下，以师压生。

对学生作文中的独到见解，大胆质疑的精神，我总是通过评语，面谈或讲评等多种形式予以充分肯定和热情赞扬。

学生作文中涉及对老师的看法或意见时，通过了解分析，如学生确有道理，便委婉地转告给有关老师注意改进工作。

学生作文中涉及学校工作的意见或建议时，我便“择其善者”，

汇报给学校有关领导，建议尽快解决或实施。

当老师或学校的工作因学生的作文而有了新的改进或起色时，学生便亲身体会到作文也有实际效用，从而产生一种说不出的痛快感、自豪感，这本身就是对他们独立思考，敢想敢写的一种鼓励。

写作教学中培养学生大胆质疑、独立思考的习惯和能力的实践，令人欣喜地感到和看到：学生思维灵活起来了，作文有了新意，有了个性，作文水平明显地上了一个台阶。

（1986 年自治区教育学会及区教育厅评为优秀论文，载《宁夏教育学院学报》1989 年第 1 期）

应当要求学生写作文后记

作文讲评课，教师要对学生作文的优缺点和存在的问题进行综合分析，以便扬长补短，帮助他们提高认识水平和写作能力。但这种讲评毕竟是教师的看法，要变成学生自己的，还有待于他们理解消化。因此，作文讲评之后，要求学生从自己的作文出发，结合批改、讲评，写出作文后记，是十分必要的。

写作文后记，可以纠正学生作文发下来后只关心分数，不管批改和评语的不良倾向。要写后记，就得反复阅读，琢磨自家作文的优劣得失，思考老师的批改、评语和讲评有无道理，从写作实践中探讨写作规律。这可以有效地提高学生的认识能力和写作能力。一位学生在一篇游记作文的后记里写道："我的游记是一个'大拼盘'，本想以苏峪口为主进行描写，可是又从别的文章里找到了许多华丽的词句，硬贴上去，结果搞得不伦不类，把整篇文章给搅乱了。"由此他认识到"写文章要实实在在，不能脱离实际去东拼西凑，更不能瞎写胡编"。有位同学在《唐徕公园的早晨》一文中写了看似很不起眼的小事，但写得生动、令人振奋，老师评语对此作了充分地肯定。学生在后记里说："……看似平淡的生活，只要认真观察，就会发现写作素材，挖掘出价值来。"有的后记还说："写作要有感而发，要进入角色，要让你的感情自然而然地进入文章。"有的学生在后记里反省自己："平时不注意素材的积累，看书少，肚子里无货，写时自然就感到困难。解决的办法是多观察、多看书，使自己充实起来。"这些话没什么惊人之处，但对学生来说，是从写作实践中获得的新知。

教师的时间和精力是有限的，也不可能每次都能对学生作文的优劣得失一一指出道明，典型作文讲评，不过三两篇；综合分析，又顾不了特殊性。"作文后记"便是"人民战争"中的"各自为战"，学生自我剖析，自找得失，可弥补批改和讲评之不足。

教师批阅学生作文，不可能不出现差误。尤其在紧张繁忙赶批作文时，顾此失彼，批评不当在所难免。有时甚至视金为土，造成"冤案"，因而严重挫伤学生写作文学语文的积极性，甚至使师生感情出现裂痕，学生一腔怨愤无处诉说，教师却茫然不知。有了后记，学生可秉笔直书。有的学生针对老师批改写的后记很有水平。学生为了申诉自己的看法，就得用心动脑分析，据理力争。有了这样的后记，教师可及时捕捉来自学生的信息，进行修正补救。遇到直言不讳、毫不客气、不留情面的批评，作为教师应心平气和，审慎处之。如果真理在学生一方，你就果断诚恳地承认自己批改有误，重新作出评价，并明确表态，对学生敢于发表不同意见，大胆质疑辩驳的精神予以充分肯定；切不可在学生面前以师压生，死要面子。我在作文教学中特别注意爱护学生的这种敢于跟老师叫板、敢于批评的精神；对"冤案"果断"平反"，对不当之处坚决更正；即使学生的意见错了也要委婉商量，循循善诱，启发他提高认识。只有这样，才不致伤害学生的自尊心，挫伤学生的积极性。

同时，还应看到，学生的这种批评精神，就使得教师批评评价学生作文时要尊重学生，要审慎，要三思而后行，不可草率从事。从而提高教师批改讲评作文的水平，这也是“教学相长”。

一个良好习惯的养成不是一蹴而就的。要保证每文必有后记，每篇后记都能认真写，还得有具体要求和措施加以保证。

首先要具体指导学生写后记。后记的范围不宜过小，可以写作文反映出的思想观点问题，也可以写作文的选材组材问题，可以谈审题立意上的优劣得失，也可以就篇章结构说长道短；可以从语法修辞上分析推敲，也可以在标点错字书写上去作文章；可以对教师的批改评语发表看法，也可以对自己的写作态度进行反思等。切忌用千篇一律的检讨文字搪塞敷衍。后记不提倡写长文，三百字左右为宜，以免增加学生负担。但也不能三言两语草草了事。

教师对后记也要认真批阅，打分数，写评语，记录在案，典型后记还要在全班讲评，以鼓励和指导学生写好后记。

写作文后记是作文教学中不可缺少的一个重要环节，它是作文、批改、讲评的延伸和发展，是学生的认识得到提高和升华的阶梯。我们应当要求指导学生认真写好作文后记。

（载《宁夏教育》1995 年第 16 期）

作文教学要培养学生树立良好的文风

——1997年高考作文阅卷回顾与思考

1997年是恢复高考制度二十周年。这期间高考作文命题，议论文的比例最大，其中又主要是根据材料写议论文。议论文理所当然成了高三作文训练的重点，而根据材料写论文，不但考查考生的写作能力，还考查考生的阅读理解水平，综合性强，有一定写作难度。

1997年高考语文大作文所提供的材料，内容明确，无隐蔽性，又符合考生生活实际和思想实际，阅读理解应不成问题。只是考题要求考生从不同角度，自拟题目作文时，“把两则材料结合起来思考”，这意味着命题者的意图是对“乐于助人”不能仅停留在认识或口头的赞赏上，还需要自己的具体行动，从而考查考生对“识与行”或“言与行”的辩证思维能力，给审题增加了难度。

我区有少数考生就是在理解材料内容，明确写作要求，领悟命题者意图的基础上写出了一些能密切联系实际，分析具体，说理透彻，思想深刻，见解精辟，语言流畅生动，结构合理严谨的优秀作文。但就我区考生作文整体观之，问题还不少。

最突出的是写作中的随意性。随意性首先表现在自拟题目上。

“题好一半文”。我区考生大作文的自拟题目固然不乏抓住要害，拟在点子上的。但是，一些考生拟题马虎粗心草率：有的题目与材料内容马嘴难对牛头，有的题目太大，有的题目含糊不清，还有的题目与命题者意图针锋相对等。

作文教学中，平时缺少根据材料自拟题目的训练，自拟题目的能力差，高考时又没时间细斟慢酌，粗心的考生便随意起名，信手“拈题”，造成失误。

随意性还表现在对“材料”的加油添醋和随意改动上。这种问题在平时的材料作文训练中屡有发生，在高考阅卷中也不时遇到。如材料中的“杂志社”“某单位”改成了“我们学校”“我们班”，被调查的人也有了名和姓，还和考生相识，或者还是同学、同桌；有的考生还对“材料 2”和“材料 3”这样引述：“有一次她骑自行车不小心跌倒，竟一时爬不起来，行人像没有看见一样各走各的路，我犹豫了一下走过去扶她起来后，便悄悄走开……”。经过这样的随意改动，考题中所提供的材料便面目全非了。

随意性甚至表现在立意上。“材料 2”说同学们赞赏别人“乐于助人”的品德，他偏说“助人有得有失，一旦浪费了时间，耽误了紧要事情，有何乐乎？”“材料 3”中“悄悄走开”的回答明明是不足取的，但有考生却恭维说“悄悄走开，未尝不好”，不然，“遇到坏人怎么办？难道还要留下来帮他干坏事吗？”有的考生竟以香港回归祖国怀抱之日，英国人悄悄离开香港是明智之举为例，来自圆“悄悄走开未尝不好”之说。这类作文虽为数不多，但思想认识糊涂，思想方法错误，滥用逆向思维，“反弹琵琶”结果拨弄出的是刺耳的噪音，导致作文的失败，在得分上吃了大亏。

写作文的随意性，说到底，反映出的是考生在写作中一种不好的习惯。

“习惯”换个说法，就是文风。文风就是人们在使用语言文字时表现出来的一种作风。就议论文而言，好的文风必然是理论联系实际，有切实的内容，对具体问题具体分析，观点正确鲜明，赞成什么，反对什么，毫不含糊，语言流畅，生动活泼。

从1997年高考作文情况看，我区一些考生在写作习惯即文风上也还存在着这样的问题：对具体问题缺乏具体分析，作文言不由衷，空空洞洞，没有多少实际内容。

考题材料称，据调查当今青少年对同学最赞赏的品质是“乐于助人”，而当问“你如果遇到别人碰到麻烦事时会怎样对待”时，“回答有悄悄走开的人不少”。这种大反差的现象说明当今青少年一种什么心态？在知和行的关系问题上应该如何去看待？今后对青少年的思想品德教育应从哪些方面去改进、加强，等等。考生如能结合他们的生活实际和思想实际，多角度思考，具体分析，发表看法，作文会有很强的现实性和针对性的。可是不少考生写起来却是用大话空话套话代替了实事求是的具体分析，动辄“在改革开放的大好形势下，物质文明和精神文明要两手抓”“国家要富强，全民素质要提高”“人生价值是奉献”等标语口号，东拼西凑报纸杂志和政治课本中有关精神文明建设方面的现成语句，尽管摆出议论的“架势”，也只是“空对空”而已。

论证时的论据，不是来自当今青少年的生活实际和思想实际，而是思接千载，罗列一大堆古今的名人楷模，使作文缺乏现实性和针对性，论证苍白无力。分析论证欠具体实在，结论部分必然是空话连篇。

考题提供的材料有很强的现实性和针对性，而据此写成的作文则空洞无物，无的放矢，这不能不说是写作习惯即文风有毛病。

考生写作习惯即文风上这种毛病的出现，不是偶然的。

就本质讲，学生作文和文艺创作一样，也是一种生活的反映，必须以生活为源泉。根深才能叶茂，同样适用于学生写作。这就决定了作文首先要认识生活、深入生活、热爱生活，从生活中获取思想的养分，写作的原料。

可是我们的学生囿于两点一线（家庭——学校）的环境，沉于题海，生活单调，思想贫乏。且不说中学生到广阔天地去感受生活，就是对身边周围的生活，也缺乏认识和了解，甚至不关心，不认识，无兴趣。铺天盖地的作业，使他们成年累月地泡在题海之中，做题的能力是提高了，但因无暇顾及生活，无缘去读好书，生活之树萎缩了，语言思维的花朵蔫了。作文时往往觉得无事可写，无话可说，讲不出道理，摆不出依据，只好以假大空话，干巴巴的语言，敷衍成文。

近年来的作文教学也忽略了学生的面向生活，感受生活的环节，连参观访问一类的活动也难得一搞。作文训练不是着眼于引导学生关注生活、深入生活，观察思考，将作文与实际生活结合起来，让他们写自己的心，议自己的识，切实提高思维能力和议论能力，而是只把目标对准高考的应试作文训练；训练中用的是给定的材料，很少引导学生就身边有意义的事情去思考，谈看法。难怪高考中我区不少考生作文论证举例都是大致相似的古今名人及其言行风范，而很少去联系现实生活，空话套话，言不由衷，甚至讲歪理，说胡话。

当然，这与近年来学校教育的重智轻德，一切为了应试，忽视思想品德教育或思想品德教育疲软，学生思想认识水平低下，道德品质水准下降不无关系。

叶圣陶先生说："说假话就是言不由衷，说空话就是言之无物。

犯了这两点，不仅是文章的毛病，尤其严重的是思想品德的毛病，所以必须训练学生，使他们在实践中养成习惯，一辈子也不犯这两点。”叶老语重心长的教诲，我们应当牢记在心，并真正付诸教学实践。

在作文教学中，“要鼓励学生说实实在在的话，不鼓励说空话，说现成话，更不允许说假话”（张志公语）。作文教学不仅练写法，练技巧，还要练思想，练作风，严格要求，一丝不苟，把培养好的文风当作写作教学中重要任务来抓。

在阅读教学中，要重视课文的文风教学，尤其要引导学生学习中外名家精品准确严谨、鲜明生动的好文风。

另外，今后要尽力扭转那种封闭式的单纯训练应试作文的倾向，引导学生密切关注现实生活，引进源头活水，充实学生思想。还应想方设法让学生挤时间坚持听新闻联播，看《焦点访谈》，读报刊文章，并坚持开展各种形式的笔写口说评论活动，在较大范围认识社会，了解人生，开阔眼界，增长见识；特别要引导学生把生活的着眼点放在周围的环境上，身边发生的有意义的事物上，多观察、多积累、勤思考，提高感受和理解生活的能力，为好的文风的培养，写作能力的提高，打好生活基础。

（发表于1997年宁夏《中学生作文报》并获宁夏教委教研室及宁夏中学语文教学研究会一等奖）

词语教学例谈

语文教学大纲规定，中学语文课，重要任务之一是培养学生具有“能正确理解和运用祖国的语言文字”的能力。汉语语言现象告诉我们，每个词都有它固定意义，但是在运用中因受到各种因素的影响和制约，词义又表现出各种各样的差异，即随着语言环境的不同而千变万化。一个人的语言能力主要指在具体的语言环境中对语言的理解能力和运用能力。因此，在语文教学中，要十分重视引导学生在具体的语言环境中去研究词语，分析它的确切含义、用法和作用，以培养其语言能力。

且不说那些内涵丰富的多义词每个义项（包括本义、基本义、引申义、比喻义等）的确定，离不开具体的语言环境，就是看起来含义比较单一的一些词语，因其语境不同，含义也有变，需要读者细心辨析才能分出“子丑寅卯”来。

以“中国人”这一词语为例，它的固定意义是不言而喻的，但是当它处在一定的语言环境里时，却又要根据上下文具体的分析才能确定其概念的内涵和外延。鲁迅先生的《记念刘和珍君》一文第四部分“我向来是不惮以最坏的恶意来推测中国人的……”一句中“中国人”是指谁？就不是翻翻字典所能做出判断的。但是当你引导学生联系上下文（课文第七部分第一自然段）“我已经说过：我向来是不惮以最坏的恶意来推测中国人的。但这回却很有几点出于我的意外。一是当局者竟会这样地凶残，一是流言家竟至如此之下劣，一是中国的女性临难竟能如是之从容。”一段文字分析时，就不难看出“中国人”既包括“当局者”“流言家”，也包括“中国的女性”，可见是泛指所有的中国人。至于鲁迅先生的《中国人失掉自信力了吗？》一文中，“中国人”多次出现，“中国人失掉自信力”“中国人现在是在发展着自欺力”“我们有不失掉自信力的中国人在”，等等，随着语言环境的不同或泛指或特指，其概念的内涵和外延不断发生变化。在教学中只有引导学生通过分析上下文的不同论述内容、对象及其关系，即语言本身的环境，不同语句中的“中国人”这个词语的确切含义才能确定。

作家在进行创作的时候，有时为了表达上的需要，对有的词语赋予某种修辞意义，它既不同于词的本义，也有别于词的引申义和比喻义等，这时我们要正确理解这个“词”，就更离不开具体的语言环境了。

课文《荷塘月色》里有这样一句话：“树梢上隐隐约约的是一带远山，只有些大意罢了。”“大意”一词怎么讲？查《现代汉语词典》，有两种读音，（1）dayi，都读为四声，主要的意思；（2）dayi，“意”读为轻声，疏忽、不注意等。这两种解释用在此句都不通，我们只能根据第一种解释的意思去依句解词，理解为“大致的轮廓”“山的样儿”。这是把用来表示甲事物的词移用在乙事物上。同样，“寂寞”一词，《现代汉语词典》解释为“孤单，清冷”，一般用来形容人的心情。可是在《荷塘月色》一文中却用它来修饰

“路”，“这是一条幽僻的路，白天也少人走，夜晚更加寂寞。”通常我们可以说“寂静”的“路”，“清冷”的“路”，有谁说“寂寞”的“路”呢？作者为何要这样遣词？教学中可启发学生从分析全篇文眼“这几天我的心情颇不宁静”开始，联系写此文时作者面对“四·一二”反革命政变，面对笼罩全国的白色恐怖，既不满现实，又幻想超脱现实而不得，思想矛盾，苦闷彷徨，内心自然是孤独寂寞的。了解了这些，便可懂得作者的这种心情在《荷塘月色》中借描写客观事物巧妙含蓄地暗示了出来。这就是作者当时何以要用“寂寞”一词去形容“路”了。如果离开作者当时的心情，离开这篇散文的感情基调，就很难理解了。

孙犁的《荷花淀》一文，几个年轻妇女兴冲冲去找丈夫却落了空，在返回途中时作者写道“几个女人有点失望，也有些伤心，各人在心里骂着自己的狠心贼”。“狠心贼”本是贬义词。作者让这伙年轻妇女在心里用“狠心贼”这个词骂自己的丈夫，微妙地表现了丈夫到部队打鬼子后，妻子的担心思念，抱怨丈夫不捎话带信报个平安，特意去看又落空，失望伤心时爱“恨”交加的复杂而细腻的心理和感情。“狠心贼”何尝不是特定语境下的一种昵称。巴金的《灯光》写了“平屋里射出来几点灯光”“孤寂的海上的灯光”“哈里希岛上的……长夜孤灯”，“希洛点燃的火炬”和“一盏油灯”，作者写这现实生活中的各种灯其含义有何差别？有无其他意义？这样写灯与主题思想有何联系？诸如此类，不胜枚举。在教学中只有把这类关键性词语，放在具体的语言环境中去分析，才能辨其义，解其用，品其味，从而培养学生语言能力。

有比较才有鉴别。词语教学中引导学生在具体的语言环境里去比较辨析词语尤为重要。

首先抓住课文里现成的对比强烈的词语，通过想象比照辨析，可以悟出作家遣词造句的妙用。

“窥”字《辞海》解释为“从小孔、缝隙或隐僻处察看”，《现代汉语词典》说是“从小孔或缝隙里偷看，暗中察看”，两种辞书的意思基本一致。《邹忌讽齐王纳谏》一文里，“窥”字前后两次出现，有强烈的可比性，都不能作如是解。教学中可引导学生对不同语言环境中表示人物同一动作的“窥”字模拟想象，进行比较：课文开头“朝服衣冠，窥镜”描写了对自己估计过高的邹忌照镜时，左瞧右瞄，不停端详，反复自我欣赏、自我陶醉，以为齐国的美男子非我莫属的神态及心理；但后来由于又“不自信”时“窥镜而自视”，这时的邹忌又左瞧不如徐公美，右瞄比不上人家，又不甘心于人后，所以反复端详不停，但终于不能不得出结论，自觉“弗如甚远”，其复杂微妙的心理，茫然自失的神情，透过这个“窥”字，表现得惟妙惟肖。通过不同语言环境中表现人物同一动作的“窥”字的想象模拟比照辨析，情味顿生，相映成趣，人物形象呼之欲出，栩栩如生，准确地把控了人物心理活动，加深了对课文内容的理解，从而使学生在比较领悟中认识美，产生美感，激发阅读的兴趣。如果再让学生把“窥”换成“看”“观”“照”等词语去比较，那种人物活灵活现生动传神的美感就荡然无存了。

名篇《孔乙己》鲁迅简笔介绍鲁镇酒店的三种不同类型的常客——“短衣帮”靠柜外“站着”喝，“穿长衫的”在屋子里要酒要菜，慢慢地“坐喝”，孔乙己是“站着喝酒而穿长衫的唯一的人”。作者运用一对反义词，两个借代，三组对比，具体形象地通过穷人与富人在酒店喝酒时的不同待遇，表现当时社会穷富悬殊、隔离与不公，重点勾勒了孔乙己穷困潦倒，沦为社会底层，仍摆读书人的架子，自视清高爱要面子的迂腐可笑形象。教学中注意引导学生在具体的语言环境中去对比分析。

一句话或一段话中，有的关键词语没有现成的比照对象，可以引进同义词、近义词、反义词或其他具有修辞意义的词语与之构成对比，在具体的语言环境里比较表达效果。

例如(1)“月光如流水一样,静静地泻在这一片叶子和花上”(《荷塘月色》)一句中引进“照”“洒”等词与“泻”比照，看写景状物有何优劣；(2)“看到一个老农捧起一把泥土，仔细端详……”(《土地》)一句中引进“拿起”“捏起”“掬起”等词同“捧起”比照，辨别感情表达上的差别；(3)“这种结论，不是甲乙两丁的现象罗列，也不是夸夸其谈的滥调文章,而是科学的结论。”(《改造我们的学习》)一句中引进“侃侃而谈”与“夸夸其谈”比照，辨别褒义词、贬义词的用法和作用；(4)“三仙姑那天在区上被一伙妇女围住看了半天，实在觉着不好意思，回去对着镜子研究了一下，真有点打扮得不像话”(《小二黑结婚》)一句中引进“照”“看”与“研究”比照，辨析对表现人物性格，反映作者态度语言表达风格上有何区别。

课文后“思考与练习”中一组近义词的选择填空题则是在具体的语言环境里通过比照解析择优选用的练习,要引导学生认真比照，不但要选择准确的填空，还应能讲出充足的理由来。

搜集整理讲评学生作文中语言表达的典型语病，并认真讨论改正，也是比较辨析提高语言能力的方法之一，不可轻易放过。

另外，适当选取介绍课文的某些修改佳例，抓住修改前后的关键词语，比照研究。

中学语文课文，选材严谨，语言精练，堪称范文。它们经过再三斟酌，反复修改，不知倾注了作者多少心血。在教学中可以根据情况适当选取介绍课文作者尤其名家修改佳例，抓住修改前后的词句对比辨析，讨论练习，可以活跃课堂气氛，激发学生“咬文嚼字”的兴趣，开阔眼界，启迪思路。

学习李瑛的《一月的哀思》时，可将作者对这首诗的修改实例介绍给学生辨析讨论。下面择举几例（括号内为修改前原文词语）。

（1）敬爱的周总理，我不能（无法）到医院去瞻仰你；

首先引导学生辨析“无法”与“不能”两词内涵的差异：“无法”侧重指主观上没有办法，“不能”侧重指客观的限制，不允许自己实现某种愿望；再放到具体的语言环境里和当时的社会现实状况，辨析比较，便知修改后的“不能”比原词“无法”表达准确，符合当时现实实际情况，内涵相当丰富。

（2）傍晚（昏黄）的天光（路灯）照着冰冷的泪滴。

从结构上看，改为“傍晚的天光”照应上文“静静地伫立在长安街的暮色里”的“暮色”，就感情色彩说，“昏黄的路灯”显得凄凉孤寂，而“傍晚的天光”改句则充分表达了天地悲哀，举国痛悼总理的深情。

（3）社员们（多少社员）伫立在田野上，瞻仰你；

工人们（多少工人）肃立在机器旁，呼唤你；“多少社员”“多少工人”固然强调人数很多，但并不说明全体；改为“社员们”“工人们”则指所有的社员、所有的工人。该文充分说明周总理是全国人民爱戴的总理。总理逝世，全国人民都沉浸在悲痛怀念之中。

通过这样的推敲比较，学生对这首诗的内容和表达的思想感情就理解得具体而深刻了。

鲁迅的《为了忘却的记念》一文中“无题诗”有两句“忍看朋辈成新鬼，怒向刀丛觅小诗”，“忍看”、“刀丛”便是从原稿“眼看”、“刀边”改来。这是有名的修改佳例。这样一改，“忍看”和“怒向”相对，凸显了诗人的形象，贴切地表达出诗人对优秀青年不幸牺牲的极度痛惜，对反动派残杀革命者的暴行的无比愤慨；而“刀丛”则更形象地再现了反动派用武力、强权统治下的白色恐怖笼罩全国的典型环境，表现了作者在这样险恶的处境中仍勇于斗争的“韧”的战斗精神。“眼看”“刀边”在表现诗人的感情和词义的内涵上就显得单薄，都不及修改后的词语。

这篇名著的结尾“不是年青的为年老的写记念，而在这三十年中，却使我目睹许多青年的血，层层淤积起来，将我埋得不得呼吸，我只能用这样的笔墨，写几句文章，算是从泥土中挖一个小孔……”一段文字里的动词“埋”字也是作者经过斟酌由“闷”字改为“淹”字，最后又反复推敲再由“淹”字改为“埋”字的。这一字的几经修改，也是很有名堂，深藏用意的。教学中给学生介绍这一修改佳例，分析作者由“闷”而“淹”，由“淹”而“埋”的道理，会使学生茅塞顿开，更深刻地理解作品的思想内容，体会作者的沉痛心情，更具体地感受写文章要准确用词的重要性。

通过介绍作家修改佳例以及引导学生在具体的语言环境里对修改前后词语的比较辨析、培养，提高学生正确理解和运用语言的能力，还可以使他们学习老一辈作家写作时对语言表达精益求精，一丝不苟的态度和精神，进一步端正写作态度。

（载《宁夏教育学院、银川师专学报》1991 年第 1 期，本文收录在1992年9月由金陵书社出版公司出版的《语文教育学新论》一书）

讲读课文需重视句、段的结构分析

在讲读课文中，分析课文的句、段，尤其某些较复杂的、关键性的句、段的内容时，再从语法角度分析一下它们的结构，寓语法教学于讲读课文中，把这种知识转化为阅读能力，提高教学效果。

具体说有以下几点好处。

一、有助于准确地理解词语的含义、把握句子要表达的对象或重点

鲁迅《记念刘和珍君》一文有这样一个句子："当三个女子从容地转辗于文明人所发明的枪弹的攒射中的时候，这是怎样的一个惊心动魄的伟大呵！"

"伟大"一词怎样理解？是对反动政府用"文明人所发明的枪弹"残酷镇压屠杀手无寸铁的革命青年的讽刺即反语呢，还是对"三个女子"英勇无畏的斗争精神的赞颂？我在教这篇课文时，不是先做结论，而是引导学生分析本句结构成分。

这个句子从整体看是主谓句"这是怎样的一个惊心动魄的伟大"，

提取句子主干“这……伟大”并不困难，关键是充当主语的代词“这”指代什么。“这”指代什么，只能在前面的文字中去找，而前面的文字“当……的时候”是介词结构，提到主语前作情态、时间状语，难以判断“这”指代的具体对象，如去掉介词“当”和搭配词“的时候”后，便变成一个主谓句“三个女子从容地转辗于文明人所发明的枪弹的攒射中”，这个主谓句中“三个女子”为主语部分，是话题，“从容地转辗”为谓语部分，描述了主语部分“三个女子”的表现即行为方式，其后还有一个小层次的介词结构“于文明人所发明的枪弹的攒射中”作补语，补充说明“三个女子从容转辗”的处所场景或状况，句中属次要成分，即使补上“攒射”的施动者，“于（反动政府）（以）文明人所发明的枪弹的攒射中”这个介词结构，仍改变不了它只承担补充说明的作用、句中属次要成分的地位，依据先主后次的逻辑顺序，整体主谓句主语“这”指代的当是“三个女子从容地转辗”，而不是“（反动政府）（以）文明人所发明的枪弹攒射”，“伟大”一词是赞颂还是讽刺、反语的问题也就迎刃而解了。

《记念刘和珍君》一文中还有段文字：“至于这一回在弹雨中互相救助，虽殒身不恤的事实，则更足为中国女子的勇毅，虽遭阴谋秘计，压抑至数千年，而终于没有消亡的明证了。”

这个句子主要表达了什么？学生中有的认为是“互相救助”，有的认为是“事实”，有的说是“勇毅”，有的说“勇毅……没有消亡”，众说不一。表达的主要观点抓不住，就会影响对句子内容的理解，于是我启发引导学生对这句话的结构进行分析。

这句话主语部分“至于这一回在弹雨中互相救助，虽殒身不恤的事实”是一个多重偏正词组，中心词“事实”作主语，好理解。主语“事实”后判断词“为”充当谓语，“足”及前面“更”修饰“为”，作状语，名词“明证”充当宾语，宾语“明证”前面除了一个动宾缀动补的短语“遭阴谋秘计，压抑至数千年”强调说明中国女子古往今来生存环境的严酷性，更有一个主谓结构“中国女子的勇毅……没有消亡”，因其后缀以“的”便取消原主谓句的独立性成为一个主谓词组来修饰限制宾语“明证”，这个主谓词组作宾语“明证”的限制、修饰语至关重要。

对这个句子的成分作了分析之后，句子的主干就明确了，它们是：

> 事实，……为……明证。
>
> 再依修饰的成分主次，由简到繁逐步还原。
>
> 事实，足为……勇毅……没有消亡的明证。
>
> 事实，则更足为中国女子的勇毅……没有消亡的明证。
>
> 事实，则更足为中国女子的勇毅，虽遭阴谋秘计，压抑至数千年，而终于没有消亡的明证。

对本句结构进行分析、浓缩并逐步还原之后，学生再完整地诵读这一段话，就能深刻感受到作者在本句深沉而热情地赞颂中国女子坚毅勇敢不屈的忘我斗争精神。

二、有助于理解复杂语段的基本内容

恩格斯《在马克思墓前的讲话》一文中有这样一段文字：“正像达尔文发现有机界的发展规律一样，马克思发现了人类历史的发展规律，即历来为繁芜丛杂的意识形态所掩盖着的一个简单事实：人们首先必须吃、喝、住、穿，然后才能从事政治、科学、艺术、宗教等等；所以直接的物质的生活资料的生产，从而一个民族或一个时代的一定的经济发展阶段，便构成基础，人们的国家设施，法的观点，艺术以至宗教观念，就是从这个基础上发展起来的，因而，也必须由这个基础来解释，而不是像过去那样做得相反。”

这段文字长而复杂，冒号前绕人的文字表述且不说，冒号后面又是由许多大小分句组成的多重复句，读来使人眼花缭乱。在理解这段文字内容时，我首先启发引导学生分析冒号前单句的特点、结构成分，确认宾语“发展规律”和“简单事实”之间的关系，再分析冒号后多重复句分句之间的关系，最后启发引导学生判断冒号前宾语“历史规律”“简单事实”和冒号后多重复句的关系，从而确定恩格斯《在马克思墓前的讲话》这一大段文字是单句还是复句。这样分几步启发引导学生运用语法知识逐一解决以上几个问题，学生对这段文字的基本内容就好理解了。

三、有助于理解课文段落之间的内在联系，把握中心思想

茅盾著名散文《风景谈》一文描写了几幅画面之后，有些作者议论的关键句子。

画面“沙漠风光”后的议论：

自然是伟大的，然而人类更伟大。

画面“高原晚归”后的议论：

自然是伟大的，人类是伟大的，然而充满了崇高精神的人类的活动，乃是伟大中之尤其伟大者！

这两段议论都是复句，是理解文章内容的关键句子。分析这两个复句各分句间的关系，都是递进关系。由此启发引导学生理解各段内容的层层深入，作者极力赞颂的对象、课文的主题就很顺利了。

四、有助于了解题目的特点，给学生分析课文内容及写作技巧打开思路

议论文的题目有时用多重偏正词组充当。

这种多重修饰的偏正词组为题的课文，或层层剥茧式地刻画被批判者的嘴脸，或层层深入地分析说理，清楚透彻，很有说服力。了解了题目的这种特点，不用老师分析讲解，学生自己也会对本文的论证层次及层层深入的论证方法作出分析理解了。平时还可以用这类题目对学生作文进行训练，培养学生逻辑思维及思想的深刻性。

我在指导学生阅读《智取生辰纲》这篇课文时，首先分析了这个标题的结构：整体是动宾结构，其中“智取”是个偏正词组。“取”是动词，作谓语，“智”是形容词，用来修饰限制动词“取”，所以“智取”可以说是这篇课文的文眼、标题的题眼，“智”又是“取”的方式，非常重要，可以说是题眼之眼。然后要求学生阅读课文时注意本文作者是如何围绕“智取”一词来选材、剪裁，展开情节、叙述事件，刻画人物性格、揭示本文中心思想的。由于对标题的结构特点作了分析、强调，给学生留下深刻印象，阅读起来饶有兴趣，目的明确，思路清楚，抓住重点，收到好的效果。

（1984年10月）

我的中学语文教学回顾

一、和谐的师生关系是教学的基础

虽然有名人曾说“吾爱吾师，吾尤爱真理”，但作为未成年的中小学生来说，一般不会那样理智地看待事物，而往往是“我爱某老师，喜欢他（她）的课”“我讨厌某老师，厌烦他（她）的课”，甚至因师生关系的恶化而导致学生放弃对那门课的学习而贻误终身，酿成苦果，不乏其例。可见和谐的师生关系是教学的基础。

而营造和谐的师生关系，老师的爱生之心是必要条件。一个人打算登上教坛，从事教育事业，就得审视自己、静观自己，有无爱生之心。有，那你就铁定去做；没有，就趁早远离。

我20世纪70年代初分配到隆德县好水中学，带两个初一班语文，一个班班主任。送他们初中毕业后，又调联才中学任教。那段时间，每当教学之余，闲暇静坐，那两班学生的音容笑貌，生活学习中的琐小趣事便浮现在我的眼前，心中非常想念他们，对他们有一种恋恋不舍莫名的思念。当时就想，我大概就是当老师的料，更铁定一辈子去教书育人。

我在隆德县时，认识一个小学老师，在交谈中流露出他一看见学生就心生厌烦，我就建议他，你既然和学生相处没有乐趣，反生厌烦，那就不适合当老师，去干别的工作吧。后来他果真调离教学岗位，去干适合他的工作。

爱学生要爱在他人生的困难中，低迷时，关键处。

20 世纪 70 年代在联才初级中学任教时，发现班上学生赵锦鹏有段时间情绪低落，对前途悲观失望，影响他的学习和进步。我主动和他接触关心交谈，热情地鼓励他战胜困难，扬起自信的风帆，这位同学终于克服了悲观情绪，心中燃起了希望的火焰，发愤学习，此后一路考高中上医校，最后成为县上有名的中医大夫。近十多年来，他还雄心勃勃承包了他的家乡赵楼千亩山坡，创办了“锦山庄园”，艰苦创业，栽种各种果树花草，为绿化美化家乡，改变当地生态环境作出重要贡献。可以说他志远实干，不虚此生。我前几年到隆德去，他繁忙中开车接我，还感激地说起当初在困难中他看不到希望时，我对他的关爱鼓励，对他一生的重要影响。

调到隆德中学后，有一年我带高一（1）班班主任，班上来了一位申请重读名叫仇长青的学生。看到他初到班上精神不振，情绪低迷，我便关心他，开导他，激励他，这位学生终于摆脱自卑的羁绊，增强了自信，学习格外努力，最终顺利考上了宁夏大学新闻系，后来成了一名有成就的记者。考上大学后，他给我写了四五页纸的长信，表达了他的感激之情。有一届高三毕业班一位叫郝俊杰的学生高考落榜，心灰意冷，便回家不想补习再参加高考了。这位学生通过补习是有希望继续深造的。不再搏一搏轻言放弃太可惜了。我便多次通过他的同班同乡同学李琦学传话动员他来校补习，有什么困难都是可以帮助解决的。那年他终于补习并考上了宁夏大学历史系，后来成为一名很好的人民教师。也因此我们结下了深厚的师生情谊。

类似的例子随时间的流逝，渐渐从记忆中消失，但受益的学生却终生难忘。几年前一次师生聚会，联才中学时我班的学生梁军忠给我讲了一件事，说他那时上学时家庭生活十分困难，有时几天断顿吃不上饭，只有野菜充饥，没有一点气力和精神，坐在课堂上就打盹睡觉，产生了退学不念书的念头。他把这个想法告诉我时，我说“就是睡觉，在学校也比在家里好”，鼓励他克服困难，坚持学习，改变命运。他听了我的话，有了决心，没有退学，坚持在贫困中顽强拼搏。20 世纪 70 年代国家给予初中生的助学金也就几元钱，学校了解情况后，给他享受了甲等助学金，每月大约五元。对贫寒子弟来说这可是雪中送炭。他得以读完初中上高中，最终考上了医校。毕业后成为一名医生，在治病救人的同时，自家也过上了好日子。说他一辈子都不会忘记我说的话，还不止一次地给自己的孩子讲起这件事。感念之情溢于言表。

爱学生，除了尊重、平等，大量地要从细节入手，一句话是爱，一个手势，一个眼神也是爱，往往使学生信心满满，充满阳光，终生难忘。这种事例举不胜举，不必赘述。

学生有错误，该批评还是要批评教育的。正确恰当的批评也是一种爱。出于真爱的批评教育，替他修枝扶正，不会破坏和谐的师生关系。在银川一中教书时，有一位很有才气的女孩子在高三复习的关键时刻思想松懈，时而迟到，不专心学习，我严肃地批评了她。后来她在西安某校上学时，给我写了满怀深情的信，说“尽管有一次把我都批评哭了，但我还是要感谢您，尊敬的老师，没有您及时的批评教育，就不会有我今天上学的宝贵机会。”至今，这位学生每到节日都要发微信问候我，从未间断。

只有鼓励表扬而缺失了批评的教育，是跛脚的教育。现在的师生关系中有一种你好我好大家都好的一团和气，老师成老好人的现象，不是好现象。

一句话，当老师就要主动营造和谐的师生关系，主动释放你对学生的爱，你在教书育人生涯中，才会有快乐，有收获，有辉煌。

二、课堂是为主，功夫在课外

是的，教学中，课本为本，课堂为主。但这不意味着所有问题都在课堂解决。讲解一篇课文，面面俱到，条分缕析，生怕遗漏了什么。结果老师辛辛苦苦，学生昏昏欲睡。一学期就那么几篇课文，其他课程老早完成了进度，语文课还在为赶进度加油，总感课时紧，不够用。学生不满意，教学收效甚微，是语文教学普遍存在的问题，至今不见得已解决好。我们何不从繁琐的课堂教学中解脱出来，少讲，腾出时间让学生多读，从多读中汲取营养。

有人曾打过一个生动而现实的比方：我们眼前摆着一桌丰盛的山珍海味，如果有一个美食家在桌前只是喋喋不休地介绍各种佳肴的原料、营养价值，从色香味讲到烹调做法，就是没有机会吃，对我们有用吗？美食家即使一字不讲，只要这些美味佳肴经过我们的口腔咀嚼，胃肠的运作消化，我们也能品出美味，吸收营养，有益身体。对于读书教学，大致同理。

佳篇美文，写了什么，怎么写，有何启发，和学生大致研讨交流后，不妨留出大量时间让学生在多读多背诵上下功夫，学生不愿学习语文的现象才会避免，语文教学效果才会提高。

蜜蜂采百花，才能酿出甘甜的蜂蜜；蚕儿吃足了桑叶，才能吐出上好的蚕丝。语文的学习是博览精读的过程，没有一个文学大家是少读书而成名的。精读，是课堂有选择而教读的，也不能繁琐；博览，课堂要兼顾，主要在课外。

我在语文教学中，为了尽可能多地让学生做到多读多记，坚持早读一段文（文言文居多），课前一首诗。一般是在老师指导下，由学生轮流担当选择内容并讲解的任务。只要天天坚持，课课坚持，三年下来，所读也可观。学生多读了对高考应试也有莫大好处。记得在隆德中学时，有一年高考，一道文言文题是“周亚夫军细柳”，学生从语文考场出来，兴头十足地说老师今年押中了一道题，其实那是多读的结果。

真正要教学好语文，做到博览，仅早读和课前几分钟是远远不够的，还得在课外去下功夫，鼓励引导学生在课外多读好书。为调动学生课外读书的兴趣和积极性，曾尝试学生自己成立课外读书小组，不定期在班上召开读书会，交流讨论，或在班级板报“读书栏”上发表，为促进读书发挥了作用。但总的来说，由于学生学习负担重，课外博览还很不够。

记得我在刚退休那几年，带过一个钱姓朋友孩子的家教，深有体会。这位朋友是南方人，在银川工作，有一年把他的孩子也转到银川，上了一个不知名的私立小学。小学毕业时，数学还可以，但语文比较差。上了初中，我给这孩子补教语文，不涉及他学的课文和练习题之类，而是阅读《中国寓言故事》文言文本。因为这本书基本是春秋战国时诸子百家论辩性文章中运用的寓言故事，言简意赅，有趣味性、启发性。每次读后，由他大致叙述内容，少数字句我进行点拨讲解，剩下的时间就是熟读背诵。熟读背诵之后让他加上适当的想象，再给我讲述故事。也是想让他培养想象力，培养演讲口才。每节课学习寓言故事长的一篇，短小的两篇或三篇。后来又增加阅读背诵一首古诗。到中考时，语文成绩大约在平均分线上，总成绩还达不到银川一中录取线，自费上了一中。我继续给补习语文，寓言故事学完后，我又选用《古文观止》等读本，基本要求熟读或背诵。这孩子很认真，几年风雨无阻，从未缺课。高一时语文大概处于中下状态。到了高二情况有了变化，一次家长会后，他的语文老师和家长交谈中竟说："钱某同学在语文学习上有天赋。"家长把这话告诉我时，我们都会心地笑了。什么天赋，那是课外多读的效果。高考时，他竟考了一百二十三分。这个学生的学习经历，我更坚信了语文的教学和学习，固然课堂是为主，可功夫在课外。老师在课堂教学的同时，注意增加课外阅读量，培养学生热爱读书的良好习惯，将大大地提高语文教学效果，对学生将是终身受益。而当你的学生养成了爱读书的好习惯时，你的语文教学也便成功了。

三、作文教学一定要重视讲评

教学，作文占半壁江山。它是学生语文综合知识和能力的体现。作文教学好了，有助于阅读教学的提高。但有的老师看不到这一点，重视阅读教学而不在作文教学上下功夫，一学期寥寥五六篇作文，做完就算完事。批阅浮光掠影，讲评轻描淡写，有时干脆不作讲评。学生不知道自己的作文好在哪里，差在何处，怎样写会更好。得不到收获，没有到位的启示指点，对作文当然就没了兴趣。

语文教学中，我因受当年高中语文老师的影响，对作文教学从我一走上教学岗位就感兴趣，感兴趣就重视，就肯下功夫。我是20世纪70年代初登上讲台的。从一开始教学，我在批改学生作文时就积累资料。学生作文中典型的好句好段好文，或者典型的病句、错别字甚至标点符号等，都要摘抄，记录在案，以便整理讲评。资料积累和讲评多了,对如何进行作文教学也就有了自己的体会和经验,后来我基本上能做到几次作文讲评下来,就可把学生练写作文、学习语文的兴趣提起来。

改革开放后20世纪80年代初,教育部门重视了教学与教研。固原地区组织了首次中学语文教学研讨会。那时我已调到隆德中学,有幸参加。第一次写教学论文,打开我十多年来的作文教学资料,思绪像秋雨那样绵绵不断,一个晚上便写了上万字的作文教学体会,修改后也有九千余字,在会上发言一个多小时,反响热烈,与会同行刮目相看。当时自治区教研室主任也参加了这次会,对我的发言做了热情肯定,并建议我把发言稿修改后寄《宁夏教育》。后来《宁夏教育》选用两节,连载发表。

为了调动学生对作文的兴趣,我还采用多种形式,比如对我的评语,眉批,提倡学生反馈意见再评再议,尤其感到对他的作文评价不当者,更鼓励学生大胆写出不同意见。对这种敢于同老师辩驳的学生,我热情地在课堂上表扬,爱护、扶持这种独立思考、敢于质疑品质的幼芽。由此受到启发,后来写了一篇题为《作文教学要培养学生大胆质疑、独立思考的习惯和能力》的论文,发表在《宁夏教育学院学报》并获奖。

在此基础上,我又规定在作文讲评之后,让学生写不少于三百字的作文后记,重新审视评价自己的作文,增加了写作训练的力度,这对培养提高学生对作文的评价分析无疑是有用的。记得有一年高考作文题,就是要求写有关学生作文方面的,由于平时的讲评互动和作文后记的练笔,学生似曾相识,写起来就顺利多了。考场下来,学生纷纷议论老师押准作文题了。其实哪里是押准,那是平时采用各种方法训练的好处。后来我的《应当要求学生写作文后记》一文在自治区中学语文教学研究会大会交流，并在《宁夏教育》发表。

作文教学批改讲评中鼓励性原则要贯彻始终，鼓励是助学生在知识海洋遨游时扬起自信的风帆。给学生作文打分，从不给过低的分数打压他们，评语眉批，启发点拨，以鼓励为主。绝不用“狗屁不通"一类秽语伤害学生。尤其对作文水平低的同学，更应多爱护，多鼓励，善于从差作文里发现闪光的好段好句，在讲评时范读表扬。这样才有可能把全班同学的写作兴趣激发起来。

作文教学中补充性地练笔，也应与时俱进，常换常新，学生才不致日久生厌。20 世纪 90 年代我在银川一中教书，那时中央电视台的《焦点访谈》办得有声有色，家喻户晓，影响很大。我感到这是学练笔的好机会，就要求学生跟着《焦点访谈》写作文，练记叙、练描写、练议论。《焦点访谈》访什么就记什么，谈什么就议什么，哪怕完全模仿，照猫画虎也行。因为创新就是从模仿开始的。三年坚持，受益良多。学生不但练了笔且了解了家国事，提高了认识和思辨能力，养成了写作习惯。有一个叫杨帆的学生考上大学后仍继续坚持看《焦点访谈》练笔。有一年来家看我，带了她在大学写的几大本《焦点访谈》笔记，每篇还配有插图，图美字工，图文并茂，使我大为惊喜。可以想象，她的作文水平的提高不会是一般的。

要上好作文教学课，老师的识见和水平是很重要的。恢复高考后，我有十五六次都参加高考阅卷，都阅作文卷。虽然非常辛苦，但我乐此不疲，因为它可以使我获得大量信息，积累许多典型材料，听取同行高人的总结讲评，开阔眼界，增长识见，提高水平。每年阅卷，我都要认真摘抄考卷的典型例证，过后认真整理准备教案，给学生进行讲评。有一篇《作文教学要培养学生树立良好的文风——1997 年高考作文阅卷回顾与思考》的论文，就是高考阅卷后写的，发表在宁夏《中学生作文报》并获奖。

34年的教学生涯，有成功的喜悦，也有不尽如人意的遗憾。及时总结经验、吸取教训，应是一个教师教坛耕耘不断向好所不可或缺的环节。

最后我想用拙诗《回首》作为本文的结束语。

惠风兼雨露，耕作杏坛勤。
修养常锻炼，教法苦研寻。
志笃无旁骛，情深在幼林。
回首经行处，所欣少愧心。

（2018年教师节）

人事琐记

亲人遗事

七年断信

我小时候特别爱说话，尤其家里来客人和父亲说话时，还最爱“叽叽喳喳”地抢着插话。有一次客人和父亲正说着话，我几次打断客人的话抢插进去，父亲教训我，我赶忙用手捂住嘴一溜烟地跑出去了。

我上初一时，有一段时间迷上吹笛子，等能吹出简单的调子时吹起来就越发起劲。寒假没事，一天上午练吹当时乡下流行的《货郎哥》：“货郎子哥呀货郎子哥，把你的担担往下落——”那韵律那情调，觉得特别美，一吹几个小时，正吹得忘我，忽然听到父亲说我的声音，赶紧收笛停吹。其实也不是父亲反对我吹笛子，他还是担心我这样半天半天地吹笛子而耽误了学业。我在弟兄中排行最小，父亲一心供我上学，想让我在读书的路上取得成功，将来有个好的前程。

1963 年我考上宁夏大学，第一个寒假返校后，因囊中羞涩等其他原因就一直没有回过家，而且也没有写过一封信。直到 1970 年 3 月分配到隆德县好水中学，才回家探亲。一进家门，父亲就心酸地抱怨说：“这么多年了，你就给家里只写几个字报个平安也行啊，你知道家里有多心急吗？！”我低着头无言以对。当我知道第一学期写给家里的两封信都在大队村部被人擅自拆看了的时候，就不想再给家里写信了。整 7 年时间，给家里片纸不通，消息杳无，可怜天下父母心，父亲几年来却度日如年，日日牵挂，夜夜思念，担心着他在外求学的小儿子，多少回噩梦惊出一身冷汗！难怪一见面就抱怨得如此强烈、伤心。

7 年不见了，父亲的腰腿都有些弯曲了，个子小了，须发苍白了，头顶也秃了，满脸刀刻似的皱纹，除了岁月的留痕，生活的压力，更有他对寄托着无限期望的“我”操心煎熬的成分。那时我只考虑自己的清静无事，而没有从父亲的角度想过我几年都音信全无他的感受。现在坐在电脑前，在键盘上敲出这篇文字时，想起父爱，想起父亲一生零零星星平凡而感人的事，对自己的所作所为，愧心、内疚，仍情不自禁。

父爱入微

父亲没有念过书，讲不出教育我的成套道理，但如何做人，三言两语的指点却分量很重。父亲的爱主要渗透在行动上。

上西吉县初中时就要长期住校了，父亲担心在外寒气潮气伤我身体，早就为我存放有一张上好的狗皮，亲自精心炮制，缝做了一条狗皮褥子。冬天冰冷的宿舍晚上睡下冻得脸都发疼，可是贴着狗皮褥子的身子热乎乎的。1958~1959 年参加社会劳动时住在西吉县火石寨的山洞里，狗皮褥子更是派上用场了。尤其上固原高中时在黄峁山开荒种地度年荒的日子里，我们住的山下石洞，每到天阴下雨，洞顶便往下渗水，洞地潮气上升，铺垫的麦草都湿潮湿潮的。我因有父亲制作的狗皮褥子，依然热气烘烘，一点都不担心湿气潮气侵害我。这条父亲制作的狗皮褥子，浸着满满的父爱，也是我心中的珍爱，它后来还一直陪伴我走完7年的求学之路。我现已耄耋之年，腰腿硬朗利索，关节健康完好，狗皮褥子功不可没。这得感谢父亲的细心、用心、操心。

我们那里农村人时兴戴水晶石眼镜，据说对眼睛好。眼睛干涩了，戴上它眼睛就滋润了，害眼病的人戴上它，几天眼病就好了。上山耕耘，下地收割，戴上它，不费眼力。读书人戴上它看书，看多久眼睛也不累。浅白色水晶石镜适合年轻人戴，深茶色墨镜适合年龄大的人戴。谁有一副好眼镜，全村人都知道，谁新得了一副水晶石眼镜，爱好者都要跑去看。水晶石眼镜就是农家人的宝。父亲痴爱水晶石眼镜，他一生没有其他贵重物品，只珍藏着两副上好的水晶石眼镜，一副浅白色，一副浅茶色。可能卫生习惯不好，我小时候往往害眼病，戴上父亲浅白色的水晶石眼镜，一股凉飕飕的感觉直透眼底，顿时眼睛轻松许多，这确实是个好东西。我考上高中，父亲就把他的一副浅白色的水晶石眼镜给了我。我后来却因挨不住饥饿卖掉了，父亲知道后并没埋怨我一句话，还安慰我说卖了就卖了，身体好比什么都重要。父亲越这样，我越感到做错了，对不起父亲。我考上大学，父亲又把他的一副浅茶色水晶石眼镜给了我。这回我一直珍藏着，它成为我一生看书学习不可或缺的良伴，每当戴上它看书的时候，就好似父亲的一双眼睛在注视着我，我丝毫都不敢懈怠。

小时候也偶尔跟随父亲干些杂活，看见我别别扭扭的动作，他和蔼地说："你现在上学，以后也不指望你靠务农吃饭，可简单的劳动也要会。"说完便耐心地手把手地教我如何拿铁锹，如何运作，前腿如何躬，后腿如何蹬——按照父亲教的去做，我很快学会了使用铁锹。没想到这还为我后来频繁的劳动锻炼打下了基础。但记忆中每年寒暑假，只要见我看书学习，家里人就是再忙，父亲从不叫我去劳动。

初、高中上学期间，每逢寒假，父亲总要在烧炕的灰里烧几颗洋芋给我吃，每次父亲都是象征性地吃一颗就不吃了，留给我吃，说是他在家里方便，我在学校吃不到烧洋芋。其实我清楚，在那艰难的岁月里，在家里方便，也不是想吃就能吃上烧洋芋的，是父亲想叫我多吃几颗的托词罢了。以后我再也没有吃到过像父亲烧的那样口感、味道好吃的洋芋了。

1970 年我分配到了好水中学，父亲早知道这地方寒冷，又给我请皮衣匠制作了一件羊皮大衣，而他自己严冬时仍旧披着有几十年历史的羊皮旧短衣。回家时看见我有时也卷旱烟吸，在提醒我吸烟不好，伤身，要少吸的同时，还是专为我精制了旱烟叶，并掺和了加工后的黄芪碎末，吸起来烟味淡些，闻起来有点黄芪的药香味。

每次回家返回时，父亲都是手把旱烟锅坐在炕上有心无心地吸烟或喝茶，从没有出门送过我，他是怕送我伤心。

初次搬家

1958 年我家住的老院堡子征为公用，我家被安置在王大汉生产小组的谢家院房暂住，当时也没注意不知谢家人搬到什么地方去了。

1959 年正月初四，年仅五十二岁的母亲病逝在谢家院房，随两年前少亡的爱女而去。好在刚过完年，临终时亲人都在身边。母亲一生为人善良，勤俭持家。新中国成立前父亲当大家庭“掌柜”，母亲的任务是轮值在厨房做饭。她善待“人手”（所雇长工或短工），从不在吃喝上小气，尤其对放羊和打杂的娃娃格外关照，口碑相传，远近皆知她是个大好人。直到去世，庄间邻里都能友好地善待她、敬重她，这也是对她以前善待“人手”和穷人的回报。

母亲去世那年我刚 15 岁。

母亲生前竟然没有一张照片。

我现在对母亲的容貌已经隐隐约约，模糊记不清了。只记得她与我有关的几件小事。

我小时候嘴尖（馋），家里有点好吃的总要千方百计弄到手吃了才甘心。那还是大家庭在一起时，每年过年炸的油饼、果子，按份分给各房（小家）。记得我们小家分到的，母亲就装在一个竹笼子里，放到住房的面柜上。我特别爱吃油炸果子，尤其是放了蜂蜜的。我个头小而面柜高，每次想吃时趁没人便在面柜下搬放一个小板凳，我站在小板凳上就可以自如拿取。怕人看见，就顺手塞进母亲给我新做的呢子上衣口袋里，然后跑到外面边玩边吃，引得一些玩伴直流口水，当然有时高兴了也会和玩伴共享。等到二哥他们发现竹笼子里油果子所剩无几时，眼睛盯着我惊呼：“是谁把果子吃完了？”我还一脸认真地强辩：“我可没吃！”可二哥早看出是谁干的“好事”，低头指着我的上衣口袋说：“你看看你口袋，都成油笼了，还要赖！”我下意识地急忙用手捂住口袋，但铁的证据在身，再也无法抵赖，气得二哥要打，我赶紧跑到母亲怀里。二哥见状也就作罢。母亲只是抚摸着我的头说：“就是给你们吃的，只是你给你哥哥、姐姐应该留些。一家子人呢，不能光顾自己。以后可不能再这样啊！”

我本来就理亏，忙忙地点头。这事给二哥留下了难忘的印象，直到几十年后，还当笑话讲。

我小时淘气、任性，和大我两岁的姐姐在一起时，常常欺负她，要占个“上风头”，姐姐忍无可忍时就轻描淡写地打我两巴掌，我就哭着跑到妈妈那里去告状。妈妈一边把我揽在怀里用手拍着背安慰我，一边数落姐姐，姐姐有口难辩，只好忍气吞声。后来姐姐因病少亡，母亲悲痛欲绝，从此体弱多病，继而卧床不起，直至去世。我也因小时不懂事欺负姐姐而懊悔。

1958 年 5 月的一天我从西吉初中学校请假回家，听说母亲身体不好，想回家看看。一进谢家院子，空荡荡只有母亲一人在屋里，其他家人不知都干啥去了。深感母亲的凄凉孤苦，一见我回来，卧床无聊的母亲顿时有了精神，脸上有了笑容。这天天黑，在磨面厂的三叔知道我回来，特地怀里揣着装有两三碗白面的布口袋给母亲，母亲连夜给我赶做了菜馅水饺。那顿饭虽然只有我和母亲，吃得孤寂惆怅，但那是记忆最深刻的一顿饭，也是母亲为我最后一次包菜馅水饺吃。

母亲一生性格柔弱，与世无争。大半年后，母亲平静地走了。从此我与母亲阴阳两隔。

母亲去世一年之后，我在梦中意外与母亲邂逅，相向而行在一个荒草枯萎的山坡上。当认出母亲的面容，我兴奋得大叫一声“妈！”母亲像没听见似的，目无旁视，不理我，径直从我身边飘然而过，我回头再喊一声：“妈！我想你！”母亲头也不回，仍不理我，继续飘飘忽忽走她的路，转眼已了无踪影。我正纳闷：母亲是小脚，平时在院子里走路都慢腾腾，吃力的样子，这会儿在羊肠小道的山坡上却轻松从容，叫都叫不住，怎么不理我呢？——忽然惊醒，原来是一场梦！眼泪已湿了半面枕头。惋惜、悲戚了好久才得入睡。

以后母亲就很少在我梦中出现了。

崖湾风景

暂住别人家的院房，终究不是长久之计。母亲去世后，生产队又要我们第二次搬家，这次叫我们搬到崖湾去住。

从权家坪堡子一路向西经过良田川地，到大约一里远处便是东西走向的崖湾。崖湾前面三十多米有一条很深的由东南向西北走向的河沟，平时有股细流，下大雨河沟洪水才会暴涨。以前因医疗、经济条件差，庄里孩子夭折是常有的事。旧俗孩子夭折是不能土葬的，只好在荒野僻静无人处扔掉，崖湾便是最好的去处。再加上崖湾一带曾经古木森森，时有狐兔走逐，秃鹫光顾，人们都不轻易到那里去。集体化后生产队在崖湾挖了几个准备圈牛的大窑洞。不知为什么又弃置不用了。我们搬去后，东窑，成为我三哥振国后来结婚的新房；西窑，1962 年我大哥振邦被工作单位精简后一家从县城搬来住。两窑洞前各三四米处还有自家后来盖的两间坐西向东和坐东向西，两相对应的、土木结构的简陋房子，西房短暂住人过渡后作了厨房，东房父亲和我住。东西两个窑洞口左右上下凹凸不平的崖面，父亲和三哥费大工刷削成略呈垂直平整的崖壁。两窑之间有十三四米宽，整体比两窑洞口向前突出有两三米的崖壁居中，三哥又挖了一个只能睡三四人且在炕上勉强刚能坐直身子的小窑洞——因为炕沿就在窑洞口，进去就得上炕，俗称“忙上炕”，父亲还常常喜欢住在这里。如把垂直的崖壁，比作人的脸面，“忙上炕”就在人脸面“口”的位置，而两个大窑洞就是靠后的两只“大耳朵”了。南面筑起一道一人多高的土墙，东、西和两房后背相接，两窑外侧本有崖壁作天然“屏障”，前南墙居中安上大门，从“忙上炕”到大门有六七米距离。虽谈不上大院，但也紧凑而不局促，光线明亮，还颇有点四合院的味道。只是委屈两个靠后的大窑洞因其前面各有房子遮挡，就是白天，光线也一直是昏昏暗暗的。

二哥振亚子女多，在紧邻我们家东面崖面耗费好多时日新挖了两个大窑洞和一个更小的“忙上炕”。最东面的窑洞二哥二嫂住，西面的窑洞作厨房，兼和“忙上炕”都给孩子们住。窑前南面筑了一道一米多高的土墙和东面崖坡相衔，算是有个遮拦，西面留有进出的豁口，没有安大门，院子狭而长，略显寒碜。其实，我们暂住谢家院房同时，二哥一家就搬在崖湾最西头一个旧窑洞。后来二哥在生产队崖湾粉坊窑做洋芋粉，他家住的窑洞也要公用。搬家时，二哥就把现成的两个窑洞且较宽敞的给我们，狭窄不好的地方他自己动手重新挖窑收拾。

没想到这次搬家给我们带来诸多好处：偏僻安静少有无端干扰；冬暖夏凉可免冬冻暑热；崖前河岸间一带狭长台地可做菜园。每年夏秋，父亲经营的园子里蔬菜长势茂盛翠绿，长而弯曲的一带埂子上的西葫芦、南瓜蔓从上到下垂直延展到地里。结果时节西葫芦、南瓜等蔬菜青绿黄红白吊在埂子上特别显眼可爱，形成崖湾一道独特的风景！村干部、社员从此路过都不由啧啧称赞。后来不知何时在这园里父亲还育苗试种成功过西红柿（西红柿籽是 1963 年第一学期寒假回家时川区农村同学送我带回家的），这在权家岔当时可是稀罕物。

在困难时期，父亲的菜园还真担起了家庭生活中不可或缺的“瓜菜代”的重担。

因为崖弯窑洞地处僻静，便有村里人不时来看望我父亲。每放寒假，我就几次见住在紧邻堡子侧面的老贫农武家爸和父亲坐在“忙上炕”抽烟喝茶说话。还有住在河湾的杜家爸、王大汉的陈家爷、徐家湾的王三爸弟兄俩都是来和父亲坐谈的常客。印象最深的刘家湾的陈家爸，他白天给生产队放羊没时间，往往在夜间来访，来时总要怀揣一点好吃的。可能陈家爸家宽裕些，生活条件稍好点吧，但那年月要给人送点吃的，实属不易。

来父亲处最频繁的还是新庄上我的三个远房爸爸，他们比我父亲小好几岁，亲热的一口一个“二哥”（父亲弟兄四个，排行第二）。他们在“忙上炕”吸烟喝茶，话拉家常，笑语盈屋，兄弟融融之情暖如春风，这时父亲的身心大概也是最轻松愉悦的时候。尤其大爸把兄弟之情看得金贵。晚年，他家有棵一年只结十几个的大接杏树，刚一成熟，大爸就拄上拐杖下河沟、爬高坡，拿给父亲尝鲜。要知道他 60 多岁以后已有严重的腿病，走起路来已经是很艰难了。大爸为人憨厚、仁义、慈孝，年轻时就抚养了襁褓中丧母的孤侄，侄儿长大成人娶妻成家后又送还生父。他在古稀之年还亲自陪伴侍奉卧床的高寿老母，直至仙逝。

定居山坳

多年后，生产队在崖湾南面河滩处筑坝建水库，考虑到安全问题，队上又让我们搬家。这次在金龙山北侧山坳，依山箍窑建房打院墙（之前，大哥大嫂于 1975 年搬到权家坪，二哥在三哥之后也搬到权家坪居住。崖湾的生活成了历史）。新家门前左右有一带很高很长的波浪式地埂，常年被雨水冲刷得凹凸不平千疮百孔，父亲使用了很长时间修整地埂，削凸补凹、锨拍拳筑，地埂竟然被修整得齐刷刷的，坚实美观，从山下往上望，就像一个堡子的廊墙。新庄院北侧的园子更不必细说，被父亲经营得春光满满，一派生气。恰逢改革开放，分田到户，院南侧一片空地筑成粮场，靠山挖窑储物，父亲和三哥一家充满了奔好日子的希望。

农民父亲

一年四季，春耕、夏耘、秋收、冬藏，哪个环节都有父亲辛勤劳苦的身影，年年如此。父亲一生也没离开过农业生产劳动。

父亲是农业的行家里手，耕耙耱地，摇耧播种，锄禾挥镰，打碾扬场，农业上的活没有不精通的。他种庄稼，除非特别干旱，几乎年年种啥成啥，远近闻名。每到正月闲暇总有人来和父亲探讨今年该种什么，不该种什么，征求父亲的意见。

父亲既勤劳又会干活，做事井井有条。农用工具用后总是各归其位，摆放得整整齐齐，擦拭得干干净净明光闪亮。他每耕完地回家，手里总是攥着一大把从地里耕拾出来的又细又长的根茎（当地人叫冰茎），整齐地挂在房檐下，农闲时搓成绳子以备需用。还记得他说的一句话，是不是好庄农人，看一看他的场院和用的工具就知道了。他每天天不亮就起来，用铁锨挑起粪筐去拾粪积肥，集体化后就拾驴粪牛粪晒干以充“炕填”。每到秋后冬初天天去扫“毛衣”（树叶、枯草等），和晒干的粪掺和起来以供烧炕。父亲扫“毛衣”一是有眼光，能看出哪里有货，二是也会扫。一同扫“毛衣”的人也不少，父亲每次扫得是最多的。严冬一些人家因缺烧炕的“填炕”，冰冷得难以入睡，而我们家有好几眼土炕因父亲早有许多储存烧不完。

父亲种的旱烟加工成品吸起来口感味道极好，政策宽松后三哥拿到集市上去卖，吸烟人一尝高兴得连连说“好烟！好烟！”一下子便买几碗。不用多久就售卖一空。

父亲的旱烟质量好，是用辛勤汗水乃至心血浇灌的。且不说早期管理，在酷暑旱烟株含苞待放之时，在最炎热难当的中午饭后，父亲顾不上休息，便去掐烟花。说这时掐花长成的旱烟株叶质量最好。骄阳似火，父亲在旱烟株叶丛中一朵一朵地掐着烟花，早已脱发的秃顶被烈日烘烤得焦红焦红，使人心疼发酸。

父亲不爱说虚套话，喜欢和诚实的人交往，对那种嘴上能说会道行为上不怎么样的人，即使是亲戚，也不愿来往。

父亲不怎么相信鬼神之事，敬而远之，认为人的作为才是最重要的。

和大多农人一样，父亲也吸烟喝茶，但都不上瘾，他有很强的自制力。每天早晨起来喝茶要生炉子，有意思的是，熬罐罐茶生炉子，他不用灯盏，只一根火柴就能把事情办妥，别人可是望尘莫及了。父亲喝茶的费用来源就是他种的旱烟。自我到隆德教书以后，父亲的茶叶就由我供给了。他习惯喝砖茶，说对胃好。那时的砖茶比较便宜。每年我总要再买一二斤价钱贵点的上好的细茶送给他，平时他还是舍不得喝，来了他要好的客人才拿出来和客人共享，还必定要说着我的小名，强调是我买来的，言谈之间不无难得的自豪。

父亲时刻不忘孝敬老人，牵挂族亲。

新中国成立前夕大家庭分家时，奶奶、爷爷跟四叔一家过。爷爷、奶奶虽然 1960 年 5 月、9 月相继去世，但生活也苦了几年。父亲每当有一口好吃的，总是让三哥或我给两位老人送些去。冬天爷爷、奶奶的炕不热了，火盆没炭烧了，也及时背些自己收拾的“填坑”

和烧好的木炭去。1960 年四叔在外地服刑劳改后，父亲放心不下，第二年便凑足了二十斤炒面、一大布袋旱烟、一双布鞋嘱托我去看望。后来虽无法再去，但每年都操心按时给四叔邮寄旱烟直到他刑满释放。自己儿子家照顾不说，他还经常关心几个侄儿家的生活，他们有重要的事也主动找父亲商量。

父亲性格刚强坚韧。岁月艰难的年代，家庭多有变故和不幸，可是父亲并没有倒下，强忍悲痛，仍是日出而作，日落而息。是强大的心理承受力，是对家族亲人的依恋和希望支撑他坚韧地活到八十高寿。

父亲自搬到金龙山北坳的家后，一直到 1987 年 6 月 19 日去世。去世前几天父亲可能有预感他时日不多了，有一天他背着双手、佝偻着身子、挪着蹒跚的脚步，坡上坡下，艰难地到儿子老大、老二及亲房侄儿家里去看了个遍。之后回到家里便卧床不起，直到永远离开亲人，离开他劳苦一生而又辛酸的权家坪，离开这个人世间。

父亲离开时，应该是放心、安心的——改革开放后，国家政策越来越好了，家族生活明显改善了，明天会更有希望了。

柏树苍苍

父亲安葬那天，没想到全村差不多家家都来人送行，加上远近亲戚，从山下到山上坟地，可谓壮观。我既感动又震撼，我深深感到父亲的分量，他在亲戚、乡亲们心中的地位。

父亲活着时，我很少在身边侍奉过他老人家。只有在 20 世纪 80 年代初来隆德中学与我小住过一段日子，那时因教学工作忙几乎没怎么陪他老人家走走转转，甚至大意给他老人家连一张照片都没有照。80年代中期父亲因胆囊病在静宁县医院住院时，我和二哥一起伺候过几天，也是最后一次侍奉父亲。

父亲有一张20世纪70年代后期坐着的全身照，还有一张和我们弟兄四个的合影，记得是一个年轻的亲戚来家里时给照的。他戴着棉帽，周边两鬓头发也是花白稀疏，瘦削得布满皱纹的脸似承不下满满的沧桑，阅尽人世的双眼冷静沉毅，下巴长长的胡子虽然白透但还厚实齐整，一辈子辛劳而厚茧的手背青筋暴突……

父亲从隆德带去栽培的一棵柏树苗，早已长成根深叶茂的大柏树，如今郁郁苍苍。

父亲遗留下的柏树

父子合影

兄情难忘

1957年我上西吉县初中后，有一段时间星期天就在大哥振邦家吃饭。到现在还清楚地记得大哥大嫂带着我当时三四岁聪慧的大侄利儿，一家三口租住在一家姓窦的中年妇女的箍窑里，除了锅灶碗瓢、炕上铺盖、结婚时的木箱、盛面的小缸、一只水桶、一个竹皮暖瓶和洗脸的洋瓷盆外，就没有别的什么了。女房东有个比我年龄大的女儿大概初中快毕业了，在院子里给我演示并教过中学生体操。县城女学生的热情、落落大方和乡下局促、不好意思的我，教学体操时的情形，至今历历在目。我大哥振邦那时在县城关镇政府工作，星期天我还到机关帮他印过材料。

振邦大哥静宁中学毕业。新中国成立后政府急需文化人才，正当韶华之年的他，被录用后在县城关镇政府任文书。大哥为人谨小慎微，斯文善良，又单纯耿直。对工作兢兢业业、一丝不苟，对政府诚实负责、忠心耿耿，深得领导信任。

后来大哥又先后在县火药厂、县亚麻厂工作。1962 年在国家彻底实行“精兵简政”政策的大势下被精简回家。

大哥被精简的前几年，正是国家经济困难时期，他除了养活已有两个孩子的小家，供我上学外，几乎倾其所有工资，想法高价买些食品添补老家生活。而此后在党的八届九中全会后，国家经济逐步得到恢复和发展，家庭生活都渐次好转。

大哥是个注重亲情、很顾大家的人。族人间有矛盾了他格外着急，和顺团结了他又特别欣慰。他殷殷关心着后辈的成长进步，在艰难的日子里，也希望家门孩子能上学就尽量上学。改革开放后，如果哪家孩子考上了中专、大学，他都非常振奋，总要在他羞涩的囊中搜索出五元、十元相送，表示长辈的心意，以作鼓励。

字如其人，大哥的字写得很硬气，有棱有角，文章也写得朴实流畅、直截了当。但大哥身小力单，干农活力不从心，劳动时比别人卖力多，活儿却干不前去。为此不知受过多少气，又无处诉说，只好有时在家里给善良而柔弱的大嫂发脾气。

心志本来很高的大哥，自己一生命运多舛，家中生活贫困潦倒，爱子双双遇难少亡，都使他不断受伤的心在滴血。改革开放，包产到户，又点燃了他心中的希望之火，积极主动和二哥、三哥家商量如何举措如何奋斗抱团奔向好日子。可一心打拼的日子还没过几年，1994 年 2 月 13 日不满 65 岁的大哥便已走到生命的尽头，带着未了的心愿遗憾地撒手人寰。

大哥在静宁中学学习时对英语情有独钟，成绩优异，多少年了仍然没有丢弃、没有忘记。改革开放后，多次跟我念叨多么想发挥他的一点长处，给本村小学的孩子们教教英语。从中可以看出大哥在世时历经多年苦难后，还有一腔热血，有一颗渴望服务社会的拳拳之心。

四叔劳改后，家里只有四妈和三个还小的女儿，生活艰难可想而知。二哥振亚多年如一日地热心帮助四妈家干农活和其他所不能及的活计，就像一家人一样实诚。其实二哥骨子里具有侠肝义胆，乐于助人，热情豪放，好客喜结交，只是境遇局限了他。和大哥一样，二哥不是只顾小家的人，他常常为整个家族的事操心着急。他孝顺老人，就像父亲待爷爷一样，自家有了好吃的二哥总要请父亲来共享。农闲时他多次顶替父亲去参加公社、生产队的义务劳动，时间久了，就形成惯性，凡是与父亲有关的事，队干部就直接喊二哥的名字去，反正是替父亲分劳解忧，二哥也乐意去。

二哥是个不愁事的人，即使有再大的生活压力或困难，到他那里就像没事似的，饭照样吃得香，晚上一躺在炕上就能呼呼大睡直到天亮。他乐观豁达，不像大哥那样谨小慎微、多愁善感。虽然身为小民，肚量可行舟船。长期的磨练使他练就了一种忍与韧的性格，或者确切地说，其实是一种生存方式。

二哥也是个有故事的人，他身高、肩宽、力大，生产队给国家交公粮时，他能肩挑装满一百三十多斤油的大油篓，一根扁担承受不住，在扁担中间又补贴一块硬木板，直担到二十里外的兴坪粮库。夏季收割，从山地往场里运输，那时生产队连架子车都少有，只有驴驮人担（或背）。他一次就担三十个麦捆，而一头驴一次也就能驮二十捆。二哥也是农业生产的好把式，二哥的劳动能力和出色表现，在村里是出了名的，是生产队离不开的主要劳力。

二哥不知何时学会掌握了做粉条的技术。有几年队里开粉坊，队上没有一人懂做粉，只有二哥能担当此任，队里没办法，就让他去主持负责这么重要的工作。好在一切顺利，出粉的数量和质量都不错，才得到队干部的信任和满意。其实二哥也是拌醋的行家，分产承包日子好过时，每年春节前，他都要自己拌醋改善生活。他拌的醋色香味俱全，头茬醋放到第二年六月天，也不坏。

他曾三次上新疆看远嫁的女儿，因超假回队后被批斗。可他会后照样与人们甚至批斗他的人说说笑笑，像什么事都没有发生一样。改革开放后去新疆时，本来可以轻易地留在新疆，再把他的小家也搬去。当时新疆的生活条件，要比老家好多了，发展前景也好得多。可是二哥一则考虑到年迈的父亲不忍心那样做，二则也有恋土情结，毅然冬去春回。直到他去世前后，他的几个儿子才陆续搬迁到了新疆，早就过上了小康生活。

1963 年高中毕业，我已与在新疆的一位亲戚取得联系，打算远赴新疆谋生，不想复习参加高考。毕业后待在家有半月之久，四平八稳，没有返校的意思。二哥却着急得不行，反复劝说、软硬兼施，催促我赶紧去学校复习准备高考，甚至亲自去舅家搬来薛映珍表兄规劝我。上学时缺少钱，二哥就多方筹措还领着我行远路去向一个他关系非常要好的亲戚去借。亲戚也没钱，还劝我“别上学去了，没用处”。就因这句话，二哥耿耿于怀，和这位亲戚的关系从此疏远了。其实亲戚也并无恶意，那只是他的一种悲观的看法罢了。远赴银川去宁夏大学上学，仍是二哥亲自背着行李送我到几十里外的甘肃界石铺去乘车。

二哥对我殷殷关爱、满怀期望甚而自豪的表情、眼神历历如在昨日。

（2020 年 1 月）

我的侄儿——双双

1963 年高考后，没有想到我竟然被宁夏大学中文系录取了，当固原一中班主任杨清南老师亲自把录取通知书发给我时，我才相信这是真的。

第一学期的大学生活很快就结束了，寒假时回了趟家。

有一天我在家中窑洞炕上给大侄儿教读课文。几遍之后，大侄儿还没有完全记住，而当时还不到五岁在炕上玩耍的侄儿双双竟意外地能够背下来了。我惊喜地抚摸着他的头直夸好记性。这时我才特意地打量我的这个侄儿双双：大脑袋、高鼻梁，因长期缺乏营养脸色黄中略带苍白，一双扑闪扑闪的大眼睛因饥饿而显得疲惫，但也掩不住它的澄澈明亮。又宽又高的额头，因脸的瘦削而显得不太般配的大耳朵，满脸稚童的可人笑容。

以后只要给大侄儿教读课文，我也不忘带上侄儿双双。

这次回家以后，有七年时间因囊中羞涩等原因一直没有回家。关于侄儿双双的故事也是后来陆陆续续听到的片断。

1965 年左右，生活虽有好转，但那时的社员，还是胃里少吃的，锅灶少烧的，炕洞少填的。山上的草根都挖完了，放眼望去遍山土色，只有集体牲口的粪便还有潜力可寻。每当饲养员到河滩饮牲口时,孩子们便提着筐子背着背篓争先恐后地紧跟在牲口后面抢粪拾。动作稍有迟缓，眼看到手的粪便就被快手抢走了。

刚到七岁的侄儿双双肯定是硬抢不过众多抢粪者的。经过观察之后，他有了抢占先机的绝招。当他一发现牛有了便意，就悄悄地贴近牛屁股，用小手轻轻地抚摸牛的肛门，牛一受轻微的刺激便善解人意似的立即拉出一泡牛粪掉进早已接着的背篓。时间一长，人、牛好像配合得很默契。所以侄儿虽然年龄最小，每次盛到背篓的粪并不比那些大孩子少。

不久，饲养员看出了端倪。

一次，侄儿正悄悄地贴着牛屁股伸手去抚摸时，饲养员大声发话了:“这碎东西还鬼得很,集体的牛屁股是你能随便摸得的么?！”侄儿遭到训斥，本能地缩回小手，睁大眼睛怯怯地茫然地看着这位饲养员，只用眼睛的余光关注着牛屁股的变化。饲养员看到他的一句话就把眼前的这个孩子给怔住了，非常惬意，主动退了一步，同时提出条件，亮出意图：“除非让我弹你个磕儿，就让你去摸。”侄儿得粪心切，想都没想就满口答应下来。这个饲养员用他早已准备好的大拇指压着的中指用力向只有七岁的小孩额头弹去，侄儿只觉脑袋一震，眼前一黑，身子一晃，疼得喊了一声“妈”！额头上顿时出现了一块深深的青紫色，转眼就肿起一个大包。他定了定神，强忍着满眶的泪水默默地去摸牛屁股求粪。

也许饲养员事后感到他那样对待一个才七岁的小孩，也还是有点不厚道吧，以后再也没有刁难过我的侄儿。

侄儿双双到了上学的年龄。大侄儿承担起家庭生活的重担，毅然辍学中断了小学学业，一心一意供弟弟读书。

侄儿双双从小学到初中，用现在的话说，一路都是学霸。

1970 年左右，许多学校教师还安不下心来上课，学生更静不下心来学习。可是双双却在同学们高兴地打闹疯玩时，坐在僻静的地方看书写字做练习，有不懂的就主动向老师请教。

当时生活虽比 60 年代初中期好些，但社员还是处在半饥半饱的“瓜菜代”状态。而双双家还要困难一些。

初中时，侄儿双双要在离家十五里远的平峰镇上学。每到周末回家返校，菜饼子不足一周食用甚至无食可带时，没有书包的他背着一个旧背篓，再绕道十几里沿路向人家乞讨些食物以补充一周之腹。有几次不是他手中预先准备的柴棍，差点被饿狗咬伤。幸好后来沿路人家知道了他是权家岔权家的孩子，可怜他，尽管家中日子紧巴巴的，也总要给他一点。

如此艰难的上学之路，也从未动摇侄儿双双学习求知的愿望和决心。

初中毕业时他的成绩在年级名列前茅。表现上也响应号召，积极参加学校活动，他的优秀作文，县广播站还采用过。他满怀憧憬地期盼着能升入高中继续学习。可是高中学校的大门因故对他这个成绩优异、急切渴望升造学习的初中少年紧紧地关闭了。凡是给他上过课的老师，听到权双双没有被高中录取而辍学，没有不扼腕叹息的。

求学无门，他决定闯社会，去挣点钱，以期为以后有机会上学积攒学费。

这一年，他仅 15 岁。

20 世纪 70 年代，我被分配到隆德县乡下一初中教书。有一年突然收到侄儿双双的一封信，说他在煤矿艰苦打工，可从未放弃过学习，无时无刻不梦想着上高中读书。现在也攒了一些钱，差不多够几年学习的费用，希望我帮忙实现他的这一愿望。侄儿双双虽在井下挖煤，心中依旧充满阳光，满怀对未来的希望。那时没有粮户关系，没有大队公社的介绍信，在异地就是初中也是难以入学的何谈高中。我回信支持鼓励他的想法和决心，建议他先回家，想法要个手续，我再托人求情想办法。

谁知信发出好久不见回音，后来却从老家传来他等待上班时，在煤矿井口发生雷管引起的爆炸而遇难的噩耗……

事发后，我和大侄儿匆匆赶往平凉华亭煤矿。

路上大侄儿说起双双出外打工的几年，回过两次家。最后一次是有一年腊月二十九日的深夜回来……

大年三十，双双大门不出，在家和亲人团聚了一天，没有告知亲房，连疼爱他的爷爷也没有去看望。

除夕夜，早早地吃完年饭，一家人围坐在热炕上守年夜。亲人也见了，除夕夜也团聚了，双双决定天不亮就走，父母无奈，只是不断叮咛在外要时时小心，照顾好自己。

晚上下了一夜的雪。

大年初一天不亮，人们还在沉睡的时候，哥哥在前面用铁锹开路，弟弟背着一个小小的破旧行李卷，紧随其后，向出庄的山上走去。哥哥开路上山不久，不能再远送了，弟兄俩只好依依相惜，洒泪而别。

雪还在纷纷扬扬地下着，寒风又起，前路远远近近的山头一座连着一座，起起伏伏白茫茫一片，望不到尽头。

这一天，我的侄儿双双沿着铺满雪的山路顶风冒雪，艰难地挣扎步行到 100 多里外的静宁县城，与同打工的一位朋友几经周折又到平凉，最后落脚到华亭煤矿。以后的日子里，再也不便回家看望亲人，而亲人最后等到的却是痛不欲生的噩耗。

侄儿双双的尸体已经在一块砂石高地草草掩埋了，天知道小小的砂石坟堆下面的侄儿的尸体是个什么样子，掩埋的是一种什么状况。大侄儿恸哭着读了他爹爹亲手写的祭文,烧了几张纸以寄托哀思。

清理遗物时，我意外看到侄儿双双不知什么时候收藏我高中一年级的课本，一看书页的损旧程度，就知道它伴随双双的辗转经历。我们在悲痛中满含泪水把课本和双双做练习的一沓草纸在坟上化为灰烬。精明的侄儿双双为他打算以后继续上学学习的储蓄存折早托付给一个亲戚保管着。

据矿井口爆炸事故的幸存者双双静宁县的工友说，在矿上干活这几年，矿工只要一上井休息，不是睡觉就是打牌闲聊打发单调无味的日子，而双双却总是在一边埋头看书学习做练习题，就连在等待下井的工夫都不放过。大家都开玩笑说他是“小书虫”，也有人挖苦他“一个下井挖煤的，过了今天没明天，学那做啥”！双双装作没听见，继续看他的书。双双年龄虽小，心中想得大着呢！

谁能想到这次竟成了他年轻生命中最后一次看书学习，满怀梦想却以这样悲惨的结局永远离开了亲人，离开了这个世界……

薛映珍表兄

印象中年轻时薛映珍表兄中等个头,白白净净,眼有神而身笔挺,经常戴一顶学生帽，洒脱开朗，阳光健谈。亲戚圈中，表兄是我最赞许敬佩的，也是彼此交往中最知心长久、有始有终的一个。

记得小的时候，表兄和二哥最相契合。每到农闲或正月里，表兄走亲戚,和二哥坐在一起就有说不完的家常话。他们能白天说到晚,晚上几人睡在炕上还要说到三更半夜。有时熟悉历史的薛映瑞大表兄若在，就信手拈来讲一些通俗易懂的历史典故，更增添无穷情趣和内涵。我那时是个小小孩，只有听的份，没有说的机会，但爱听他们摆龙门阵。他们推心置腹、融融其乐，比亲兄弟还亲，让我初次感受到和谐友爱的亲情关系是那么美好。

正月里我到舅舅家去玩，但表兄很少有和我在一起的时候。我一有空就跑到近邻王家大门摊玩游戏赢铜钱，许多大人有时也围着看热闹，在那里从未见过表兄的身影。我要是赢那些大孩子好多铜钱，就用细麻绳子串起来提着给表兄炫耀，记得表兄只是平静地扫一眼应付似的点点头，从未夸赞过我一句。后来却发现表兄在家不是坐着埋头看书学习，就是站在方桌前临帖练写毛笔字，我才渐渐明白表兄不去游玩的场所，是有自己的正事做，耗不起宝贵的时间。之所以没有制止我，可能是因为我年龄小且只住几天时间，怕扫了我的兴。

1

眨眼很多年过去了，我到固原上高中，表兄后来也到固原农校学习。家远思亲，每到星期日我就到离学校不远的固原农校去看他。谁知好景不长，1962 年前后国家对教育行业进行了调整，大幅度裁并了高等学校和中等专业学校，固原农校亦在其列。表兄原本想跳出龙门，摆脱困境，改变命运的美好愿望破灭了，只好怀着深深的遗憾回家。我们以后见面的机会少了。

1963 年 5 月我高中毕业回家不想参加高考，二哥请来表兄劝说我去高考，我们这才又见了一面。表兄劝我参加高考是现身说法，具有铁的说服力。

表兄不像二哥那样人高马大、强劲有力，农村的体力劳动可不是他的强项，在生产队算不上头等劳力，一年辛苦下来挣不了多少工分（当时一个强劳力一天挣满 10 分工也就值一毛钱左右），所以他在生产队就是拼死拼活，也难养好上有老下有小的家。他一直寻思着摆脱困境的途径和办法。

有一年表兄的大儿子患了重病，请医生请不来，只好听其自然，还好大儿子竟奇迹般地好转，活了下来。一次表兄也得了重病，身体虚弱，求医问药无门，他一狠劲突然从炕上爬了起来。说来也怪，病情竟一天天好了起来。

表兄宁折不弯，不服命运的摆布，当时他暗自发誓要扼住命运的咽喉，自力更生，自学医理，当一名医生，首先解决自家人看病难的问题，以后或有转机也说不定呢。从此立志走上了学医这条漫漫艰辛求索之路。

2

幸运的是祖上遗留下了一些医学书，但全是中医方面的，他还需要西医基本知识，至少打针输液等简单治疗方法必须要掌握，苦于无片纸资料。

有一次生产队派表兄和另外几人去甘肃平凉一带拉山货，每人补助了五毛钱，在返回经过隆德县城时，同伴用这难得的五毛钱购买了生活必需品，而表兄却独自找到书店花了三毛五分钱买了一本他日思夜盼的《乡村医生手册》，高兴得如获至宝。同伴不解地嘲讽他说："家里连吃饭的盐都没有，还花钱买本书能干个啥！"表兄顾左右而言他，不予解释争辩。但同伴说的也是实情，那时虽是热血青年胸怀天下，放眼世界的激情年代，但表兄的确也是身无分文，家中无食盐吃甜饭是常有的事。

时不我待，只争朝夕。表兄白天要去生产队干活，晚上克服疲劳，忍受饥饿，在用墨水瓶自制的油灯前挑灯夜读。说"挑灯"也不准确，他为了节约煤油，不但舍不得"挑灯"，还要有意把灯芯压到最低，勉强能看清字就行。表侄薛文曾动情地说："在我的记忆里，父亲一下工回到家里就拿起医书学习。我睡前他在看书，我睡一觉醒来他还在看，多年来我始终不知道他什么时间睡的觉。"

学医者都知道，不论中医、西医，好多知识都要熟记于心，给人看病，问诊治疗开处方，医理结合病情，举一反三、融会贯通、信手拈来是一个医生起码的要求和素质。背功是很重要的。晚上学习的知识需要消化的、记忆的，他就在白天劳动或短暂的空闲时间在心里温习，反复默记。他把所有能利用的时间几乎都利用起来，如痴如醉，到了忘我的境地，甚至做梦也背记药名药性、“汤头歌诀”。中医经典都是文言文，要读懂它，首先要攻克古文难关，这对表兄来说，不知又下了多少不为人知的苦功夫！

学中医，扎针、艾灸是必备的技能。当时当地农民没钱买药，廉价的针灸便是首选。而要入门针灸，你得先熟悉人体经络的含义及其分布规律，你得掌握十二正经、十五脉络等的循行，你更要背记人体常用的一百多个穴位的定位及主治，你要分清并牢记主穴和配穴还有特殊穴位。就是常用的最主要的穴位也有好几十吧！还要根据患者各自不同的病情和病象，对症采取不同的扎针或艾灸的原则和方法。为使每个具体的穴位在身体部位对号入座，不知历经多少个夜晚，表兄对照针灸图解，在自己身上寻找精准答案。至于扎针，尤其有些敏感穴位，浅一毫没有效果，过一毫可能出现意外，不深不浅，酸麻胀重等，恰到好处，全凭手感经验。此非儿戏，他首先在自己身上反复试验，获得感觉和经验，直至完全掌握。这一浩繁工程一般人一听都会色变而退避三舍，不知表兄又是以怎样的动力、精神、毅力，苦学、苦记、苦练拿下的。

表兄为了尽快入门登堂，有意结识交往当地有名气的医生如韩大夫、朱大夫等，主动虚心请教医学知识、诊治经验。我有一本张仲景的《伤寒论》，听说表兄学医若渴，便很乐意送给了他。欣慰的是这本中医书对他以后行医还起了不小的作用。

表兄的行医实践是从拥有一个小小的药箱首先给自家人看病开

始的，慢慢给亲戚朋友也看，再后来村上人都知道表兄还会看病，有病了也主动找上门来。表兄把行医看作是继续学习提高难得的时机。仔细、谨慎、认真对待每一个病人，如履薄冰，精益求精。他医理、医术逐年提高。有道是“有志者，事竟成，破釜沉舟，百二秦关终属楚；苦心人，天不负，卧薪尝胆，三千越甲可吞吴。”蒲松龄的励志语在表兄身上得到了充分地体现。

3

否极泰来。机遇一直都青睐那些提前做准备的人，表兄终于迎来了云开雾散阳光普照的一天。

改革开放后，生存环境宽松了。各种人才奇缺，尤其医疗卫生系统更是如此。为了吸纳招收使用医学人才，规范社会医疗服务，国家实行了中断十几年的医生职称资格考试。表兄不失时机地踊跃报名参加，结果一举成功，榜上有名，固原行署给他颁发了医生从业资格职称证书，从此他便有了行医资格。

1982 年表兄在平峰镇开办了梦寐以求的诊所，名正言顺地开始了他的行医生涯。他待患者如亲人似朋友。有时只要周边有人请他到家里去看病，不论远近，白天黑夜，刮风下雨，严寒酷暑，他都背起药箱，徒步行走，随叫随到。医术、医德有口皆碑。诊所的发展红红火火，一年比一年好。

表兄谋事深远。二儿子薛文高中毕业后，即送到静宁县医院医生培训班学习，毕业后跟随自己在药铺实习锻炼，为以后的深造做铺垫。后来薛文顺利通过成人考试，读完了宁夏医学院临床医学专业，专科三年毕业后经过考试，获得执业助理医师资格证。

表兄审时度势，为了进一步发展，1995 年左右他果断地举家随诊所搬迁到银川市西夏区镇北堡华西村落户。果然这里的天地非偏僻贫瘠落后的平峰镇可比。海阔凭鱼跃，天高任鸟飞，诊所规模逐年扩大，人气旺盛，他兴致勃勃地为自己的诊所起雅名曰“永春禾”，寄托了他对诊所的自信、宗旨和厚望。

4

晚年，表兄适时地把医院的重担移交给薛文，薛文“不负父望”，多年来不断学习进修，顽强拼搏，通过考试，终于获得执业医师资格证书。子承父业，薛文也名正言顺地成为永春禾诊所第二代法人代表。薛文还先后被自治区卫生厅授予“优秀乡村医生”荣誉称号，荣获西夏区卫生岗位练兵和技能竞赛一等奖。因为薛文接任后的出色表现和业绩，我还曾给表侄写了一联以勉励：

袭父业系悬壶百尺更进，

继家风续传统一脉传承。

表兄一手创办的永春禾诊所稳稳地在西夏区镇北堡生根、开花、结果。

5

“艰难困苦，玉汝于成”。表兄在当年只有初等教育基础的他，自学奋斗考上固原农校，又因学校被下马而失学，以后再无机会、条件接受学校正规教育，全凭长期艰苦自学医理，以一己之力，凭着蚂蚁啃骨头的精神，他竟然给自己更给子孙后代开创了一份有益于社会的家业、事业，不能不说这是一个奇迹。《易经》说“天行健，君子以自强不息；地势坤，君子以厚德载物。”表兄不但自强不息，也有孝仁厚德。

在不堪回首的艰难岁月里，表兄不忘孝敬母亲，家中唯一一间像样的房子让母亲住，即使糊汤菜饼，也要母亲先吃。只要有些许可口的食物，首先想到的是母亲，自己忍饥也不动一口。更难得的是他想方设法让母亲精神愉悦。不知什么原因，表兄和他舅舅家人没有共同语言，但为了让母亲高兴，他委屈自己去舅舅家探望。

大学毕业才能卓越的表兄父亲（我五舅）英年早逝后，母亲年轻守寡，侍奉公婆，抚养幼子，操持家务备尝艰辛。表兄映珍深知母亲一路走来的不易，他疼爱母亲、孝敬母亲融进血液。在后来不平常的岁月里他身体力行，如愿保护了母亲，维护了母亲的尊严。

母亲仙逝三周年，为追念似海深的养育之恩，他和映琛两兄弟带领子孙，不远千里回老家坟墓树碑，镌刻墓志铭，颂扬慈母的节操、精神、恩德。

大舅、大舅母相继去世后，一个完整的家破散了，还在平峰镇上小学的表弟映璠就成了无家可归的孤儿。表兄毫不犹豫地领回自己本来就穷困潦倒的家，供养堂侄继续上学。有时下学太晚，表兄放心不下，不顾一天的劳累，去迎接晚回的表弟。就是每顿的喝汤咽菜，都要等到表弟回来全家人方可端碗。

20 世纪 70 年代末，家家的生活都有了好转，但有个侄孙因家庭变故，一人独居，有诸多困难，又是表兄收留在家，后来给垫资说亲，在和胡家亲戚共同操持下使其结婚成家。

表兄搬迁到镇北堡华西村以后，也不忘亲朋故旧，在他的带动帮忙下，有好几十户陆续搬迁到这里，都过上了好日子。至于对族人的操心关照团结凝聚，自不待言。

表兄对自己收留救助亲友及帮助别人的事，如过眼云烟，从不给人提起，而昔日亲友对他如有些许好处，他都铭刻在心。表兄曾因急需向振邦大哥借过钱，一时无力偿还。20 世纪 70 年代回家时父亲说起此事，我当即垫付了这笔钱给本就经济困难的大哥。几十年过去了，这事早都忘记了，可表兄在心里牢牢地记着。生前多次叮嘱薛文不要忘了这一情分。薛文表侄提起这件事后，我才想起事情的原委。这就是表兄的为人，做人的原则。

在平峰镇开诊所的日子里，一些患者贫困没有现钱支付药费，表兄认为“患者为大，治病要紧”，往往赊欠记账，从来没有因无钱而拒诊或不给抓药的情况，有时赊账太多都影响诊所资金的运转。直到 1995 年左右搬迁离开平峰镇，还有赊欠的旧账，时间久了，旧账也就成了废账，自然就作罢，一笔勾销，不再过问。没有高尚医德的人是难以做到的。

常言说风水轮流转。昔日一位在生产大队药铺抓药而与映珍表兄有深刻过节的人，有一次竟到平峰表兄诊所看病来了，表兄和对待其他患者一样，热情地接待他，认真地给他诊断、治疗。事后映琛表兄埋怨哥说：“当年他那样对我们，现在他倒找你看病来了！你为啥还要给他看？！”表兄笑着耐心地开导一时想不通的弟弟，最后说：“我如果不给他看，不就和当年的他一样了吗？”医生，原本仁者。自古以来，医治疾病，救死扶伤，是医生的天职。但表兄的不计前嫌，以德报怨的胸襟、境界，仍然使人动容。

行文至此，忽然想起当年发生在平峰镇山梁上一件颇有戏剧性的事。表兄的诊所在平峰镇办得风生水起，自然引起有些同行的嫉妒，言传表兄诊所占的“风水宝地”。有一个村医就直接在表兄诊所门前搭了一个铁皮房子，把自己原来的诊室搬来，想要截住表兄诊所的风水，至少也能近水楼台先得月，沾点好运。这种做法在生意场其实是很出格的，有点唱对台戏，挑衅的意味。何况街道本来就狭窄，中间突然横出一座铁皮房子，直接影响旁边几个百货商店的生意，就是给赶集的人也带来不便，一时引起市面的非议。表兄虽然心中有些不快，但也不好说什么。

事情还没有完，平峰镇山梁上的风是有名的。一次狂风，这位村医的铁皮房子经不起摧残，不多时屋顶就腾空而起，不翼而飞，药柜上的药品被吹搅得七零八落，仅存的四面铁皮围墙也摇摇欲坠，而这位村医不巧回家。表兄见状赶忙告知其人及时抢救，才避免了更大的损失。事后有人说：“他都那样了，你还这样待他。”表兄微微一笑，不无悲悯地回道：“都是出来混口饭吃，不容易，有啥可计较的。”

表兄的心灵世界里有融融春光！

6

表兄从农民中走来，晚年家庭经济虽然丰裕，仍然保持着农民艰苦朴素、勤俭节约的本色。他对多年来一些年轻人生活奢华、浪费无度的不良风气极为忧虑。他常说“要珍惜来之不易的幸福生活”“福不可尽享”“天物不可暴殄”。这也是表兄留给后代子孙的谆谆告诫、殷殷期望。

表兄映珍十分清楚，没有党的改革开放政策，就没有他的诊所，就没有他家经济条件翻天覆地的变化，就没有全国人民今天的幸福生活。饮水思源，心存感激。表兄映琛微信起名曰“不忘开放”，就朴素地表达了亿万农民感恩的心声。

7

2020 年 11 月 10 日，表兄映珍走完了他前有磨难艰辛，中有创业奋斗，后有辉煌康乐的一生。享年八十三岁。我有幸在多年前向表兄求过他的墨宝：“夕阳恋青山，人老思故交”。笔法中规、厚实、苍劲，现成永恒的念物。我又聊慰在表兄后来的一些纪念节点上，为他写了些文字，表达了对他的赞扬和敬意。

一次去表兄家见到一幅朋友为他画的《松竹梅三友图》，便写了题记以相赠：

后凋岁寒益青翠，虚怀坚挺瘠苦中。
暗香洁玉笑霜雪，节贞骨傲君子魂。

表兄八十华诞作四言以贺：
柏翠霜雪后，业创艰难中。
悬壶求济世，翰墨见儒风。

表兄一周年祭日，写挽联以纪念：
创业兴家永泽后裔，悬壶济世无愧平生。

现写了《薛英珍表兄》一文，深情地表达我对逝者的怀念。

2022 年 6 月

孺人邵氏墓志铭

孺人邵氏，名讳佐士，宁夏西吉县人。生于一九一八年农历八月初八，卒于一九九九年四月十六日，享年八十有一。

孺人年十七来归薛门,敦厚柔顺,敬老随夫,后生二男,家庭和美。然风云难测，命途多舛。不幸一九四一年夫君薛公辞世。孺人年仅二十有三,正当韶华青春。为尽妇道,侍奉公婆,抚养幼子,毅然寡居,义无反顾。

五十年代,二老相继仙逝。多事之秋,夜漫漫,路泥泞。寡母孤儿,相依为命；凄苦伶仃，忍辱含辛。家事件件，全靠孺人筹划操持，夙夜无怠；二男成长，都是孺人养育教诲，费尽心血。几十几年，殚精竭虑，鞠躬尽瘁。

时过境迁，苦尽甘来。薛门能有今日兴旺，孺人之功可谓大矣!

孝子映珍、映琛痛先妣此时却长眠地下，不能尝亲情之怡，享天伦之乐，在三周年祭日立碑纪念，永寄哀思。

铭曰：

怀瑾握瑜志节坚，弱姿柔肠耐苦寒。
一生操劳无暇日，双肩竟挑万重难。
孺人不幸家门幸，苦尽甘到理自然。
子孙莫忘养育事，情似海深恩如山。

2002 年 4 月

开创与变迁

如果问起西海固人老家何处，总会答曰：“山西大槐树”。

据有关史料和民间传说，元末战乱中原祸害尤剧，死者逃者，人口锐减，良田草莽，甚至赤地千里，荒无人烟。而表里山河的山西，幸未遭战火，殷富人稠，加之逃难者纷纷投奔，一时人满为患。明初朝廷为调剂人口，发展生产，稳定社会秩序，长治久安，推行了官方强制性长达近五十年大小十几次山西移民政策，移民百万。洪洞县广济寺由于地理位置便于集结，凡是移民都要到此聚集，办理手续，领取“凭照川资”然后从广济寺出发，在官兵的监护下按指定去向迁往中原各地，其间也有少部分迁往陕西、甘肃、宁夏等地的。西海固人祖先大都是在这种移民大潮裹挟中最终定居在现在宁夏回族自治区西海固地区。广济寺驿路旁有一棵长势茂盛的大槐树，移民在办理完手续后往往在大槐树下整顿休息，受其荫蔽，上路时依依惜别，回首眺望，大槐树的形象融入移民的血液里。悠悠岁月终究尘封了移民对家乡的记忆，但大槐树的形象永远铭刻在心，代代相传，大槐树便成了山西移民思念老家的象征。

洪洞广济寺移民办理迁移手续时还有说法，官府为了预防移民结伙作乱逃亡，规定同姓弟兄不能同迁一地，故有人编号登记时改换其姓，以满足弟兄迁移同行的愿望。但以后再也不能把改过去的姓再改回来，出现了同一祖源而两姓人家的奇特现象。我们村徐家湾有许多徐姓人家，权姓祖先与徐姓祖先不知何时约定，权、徐两家虽不同姓，就如同一家姓，互不通婚，相传至今，两族人都坚守不渝，成为铁律。

小时曾质疑其事，大人只解释说当初人烟稀少，人单力薄，约定两姓为一家，可互帮互助，患难与共。但我还是不明白，那相互通婚结为亲家，不更亲密更能互帮互助患难与共吗？这一疑惑至今也未解开。

官差在监护移民上路时更担心他们作乱逃亡，便绑系其双手而行，被绑系者内急时要求官差解开手方便，后来内急就直接说“解手”，久之，“解手”便成了移民们大小便的代名词且一直延续下来。

我小时就常听到人们把上厕所说“解手”。耳濡目染，整个学生时代我还有同学都习惯把上厕所说去“解手”。看来上面说法有其真实性。

我们权氏一家在明初山西大移民中最终就定居在现在的西吉县平峰镇权家岔。

据说清朝同治元年前，权家岔村十余平方公里的土地上，权氏家族已有“国”字辈祖先六家，一时人丁繁盛。清朝同治年间（1862—1873），社会动乱，权家岔村亦遭劫难。权氏族人极少数侥幸逃脱，躲进陕西境内的某偏僻山区。动乱平息后，逃乱到陕西某偏僻山区的权国益后人权永盛首先带着弟弟权永桢，几经周折，才重新回到祖先开创的家园。后又联系到逃乱出去的权国彦及后人永成、侄孙权锁儿等家人亦重返家园。当初生活，用白蒿制成草绳点燃以保留火种，一旦熄灭只能去十公里外的新集坝上取火，生活之艰难可想而知。

重返家园后，权氏家族住在现在东山（后称金龙山）南侧山麓一带，后又北移至金龙山腰下一高平台处安家，俗称“南门上”。民国初年权氏家族人口又逢繁盛，永盛永桢之后占衡即我二爷一家搬迁到离权家坪隔河不远的小东山依山筑院定居，称为“新庄”，永成之后维衡即我爷爷家及其侄儿家仍住原来旧址——南门上。

民国十八年（1929 年），大灾荒时我爷爷一家家业发展已有经济实力周济本村庄平安度过年馑，为村庄穷人感念。

1920 年震惊世界的海原大地震前权氏家族人口已将近百人。大震也波及西吉平峰，瞬时墙倒屋塌山体滑坡，平地开裂，权氏家族人财损失惨重。但权氏家族自强不息，重振家业！在祖、父辈的努力经营下，20 世纪三四十年代已有土地千亩，牛羊满圈，家业蒸蒸日上。新中国成立前几年因给病重的大爹看病花钱，储粮已变卖殆尽。新庄我爸爸辈弟兄团结一心勤俭持家，到新中国成立已达上中农经济水平。权氏族人中也有不喜农事或人力单薄不善经营而贫穷者。

海原大地震后不几年，也是为防匪患，我爷爷便在金龙山山腰高台旧宅以下平阔处建堡居住，此时所居之地始称“权家坪”。直至新中国成立前夕父辈兄弟房门另建院分居，从此愈分愈小。大家庭居住情景成为历史。

改革开放后，生存环境渐次宽松，权氏家人和村民焕发精神，精耕细作，打工挣钱，脱贫致富。现今已如期脱贫。

20 世纪 90 年代后，西海固地区各级政府为尽快使百姓脱贫致富，又实施移民搬迁。在这次移民中，权氏家族和其他村民一样，或在政府有序的组织下，或自找居地又一次远迁他乡。至今已先后迁至银川市西夏区镇北堡华西村、永宁县甘城子、闽宁镇、中卫市宣和镇南台、吴忠市红寺堡区，贺兰县暖泉农场、洪广镇欣荣移民村，还有80年代初和近几年先后远迁新疆的，六世孙中也有移居海外的。现仍坚守在老宅基地权家坪的仅有几户，而新庄因小东山破裂不宜人居已全部搬迁，现已成废墟。

权家岔八九十年代人口鼎盛时期共有六个村组，160户，人口多达1000~1200人。权家坪有26户，180人。搬迁整合之后权家岔现仅剩权家坪（包括王大汉）、堡湾和权垴三个村组，共43户，200人。权家坪15户，70人，其中权氏家族5户，15人左右。而开春耕种后青壮劳力大多外出打工，全村常住人口就更少了。

疗饥小记

在固原高中求学的三年正逢我国三年困难时期。国家为了保证青少年身体的健康成长，对大中专院校的学生格外关照，口粮供应每月都确保在三十斤左右。但是当时肉类实在是太少了,营养跟不上，肠胃需求量大，且容易消化产生饥饿感。

学校为了应对时艰，也采取了一些措施，比如劳逸结合，一段时间减掉了晨操、体育课，减少了晚自习，使同学们尽量少消耗热量体能；利用校园及附近空地种菜；为了扩大种植面积，发动全体师生进军黄峁山开荒种地；秋季到黄峁山收割蕨菜加工成淀粉以补充量少的面粉；做饭的大师傅施展技艺显示神通，使小小的馒头尽量膨胀变大，以满足饥者的心理需求。尽管如此，西吉初中考到固原高中的十余名同学熬不住生活的困难尤其是黄峁山的艰苦劳动，陆续退学，有的回家（其中有两位上海同学随家回了上海），有的出走新疆等地各自谋生去了，只剩下我和吴士义同学坚持到毕业。我们这一届高一时两个班共 90 余人，到高二已合并为一个班，高三高考时只有 17 人了。

那些年月里，每到下午放学吃完饭后，住校的同学最爱去的地方便是学校附近的餐厅。闻闻蒸馍和面条烩菜的香味的确是肠胃的难得享受，但如果你口袋里没有同时拥有人民币和粮票的话，也就只能是闻闻饭菜的香味而已。画饼充饥更引发了难耐的饥饿感。所以我转悠过两次以后再也不敢去了。不去了那饥饿之虫在肠胃和意念之中仍在不屈不挠地爬动。实在忍受不了，我便把上高中时父亲给我的水晶石眼镜狠心卖给眼镜店，获得了 30 元钱，隔几天就到固原城南关过店街买一两黄酒喝。到底是粮食的精华，一两黄酒下肚，再加上心理作用，精神会好许多。就这样挺过了一段时间，卖眼镜的钱很快花光了，闲下来就想吃的，怎么办？我终于找到了一种转移饥饿注意力的方法：一是拼命看书，尤其当时能借到的小说，看起来随情节而入境，入了境就忘记饥肠辘辘了，时间也过得快了；还有就是做做练习题，记得数学物理化等课本后面都有总复习题，我利用下午饭后的漫长时间，一题不落地去做，在做题时也就没有了饥饿感，日子也好打发了。

三年困难时期，我和我的大多数同学身瘦了，体轻了，却并没有浮肿。

宁夏大学生活点滴

1

追思以往走过的路，在宁夏大学的几年里是经济上最困难的时候。那时老家生产队一个强劳力劳动一天所挣工分也就能买一个粗碗，家人都自顾不暇，我怎能再写信向他们伸手。好在有国家每月补贴的15元助学金勉强供给伙食，生活在低水平运行还是有保障的。班上占半数多的农村同学的生活条件也就是五十步与百步之间，银川市及各县城的同学也好不到哪里去。当时因《雷锋日记》盛行，风靡全国的一句话“新三年，旧三年，缝缝补补又三年”的确不是虚语，艰苦奋斗已落实到行动，久成习惯。宿舍里自备针线包缝缝补补是常有的事，生活上同学之间没有讥笑，没有嫌弃，没有因贫穷而自卑，更没有大学生经济上互相攀比的条件。

假期自己干点苦力，也还能挣点零花钱。记得有一年暑假我和同桌何炳业同学承包了学校要转运的一大堆土，在三伏天太阳烘烤的中午，我们光着膀子一人拉着一辆架子车，自装自拉一口气狂奔近三个小时终于完成任务，每人各得了 20 元人民币，这是挣钱最多的一次。我的同学吴士义，是我初中、高中一路学习的朋友，他高考后上了财经学校，毕业后回西吉县工作，寄钱资助过我，是让我做衣服的，结果我买了参考书；他还在 1969 年布匹供应十分紧张的情况下给我带过布票，我在一篇日记里记录了在银川他岳母家去取布票的事。那时我已毕业离校在宁夏军区农场接受再教育，正好在养猪场养猪，要进城也还方便。困难时期的援手相助可见真情感真友谊。吴士义同学的人品、为人正如他的名字，他在同学们之间也有很好的口碑。

那时学校在意识形态、政治思想方面是很重视的，社会上风吹，校园里草动，我们在明辨是非中成长。个人生活也有严格要求，不能超越雷池。那时提倡人人要锤炼一颗红心，成为优秀的大学生，做合格的共产主义接班人。参加体力劳动是锻炼的重要途径。学业之余，整理校园，修渠筑埂，脱坯盖房，农场干活，是常有的事。还有每年夏耘、秋收至少一周到农村去，下田耨草，挥镰割稻。有时下乡访贫问苦，编写家史……这些活动磨炼出我们艰苦奋斗的精神，培养了朴实农民的感情。偶尔进行民兵军事训练，走步投弹练射击，笑语与歌声在校园里飞扬，生活也还丰富多样而快乐。

2

麻烦的是在大一后半年，我的身体状况出了问题，初冬咳嗽发作，持续近半月。尤其到晚上，从熄灯躺在床上就不停地咳嗽，咳得心肺都要呕出来了。集体宿舍里有十几个同学，吵得人人都无法入睡，他们虽然用被子蒙着头不说，我自己过意不去。为不干扰同学们休息，我干脆半夜从交通楼（即宿舍楼）穿过黑乎乎好几百米的校园到教学楼教室里开灯看书，实在困乏便趴在桌子上打盹直至起床铃声响起。后来还利用咳嗽无法入睡时深夜抄写了郭沫若的《“楚辞”今译》和他主编的民歌集《红旗谱》，并装订成册以留念。

除了咳嗽还有鼻窦炎。冬深之际，鼻窦炎犯来，头疼眼胀，严重时眼珠疼胀得都快要蹦出来了。一个青春韶华的小伙子这一年冬天先后被咳嗽、鼻窦炎折磨得脸如黄蜡。校医室虽有良医却无良方，到宁夏附属医院去看病，医生检查后用穿刺法治疗，针管竟抽出小半碗血脓。医生友好地说我是多次感冒引起鼻窦发炎，以后注意不要感冒，不然还会复发。

问题是怎么预防感冒呢，有人建议我冷水洗脸最好能坚持冷水浴，锻炼耐寒力抵抗力，有了耐寒力抵抗力感冒自然就少了。

我开始尝试用冷水洗脸。那时教学楼、宿舍楼都是土炉子生火取暖，洗手间冷得像冰窖。坚持了一个星期，感觉还行。后来我进一步向冷水浴进军。冷水浴要费时，我比同学们早半个小时起床。冷水洗完脸后用湿毛巾反复擦拭四肢全身，让身体有个渐进适应的过程，再用毛巾带水反复擦洗全身，最后用脸盆盛水从头顶灌浇冲洗。刚开始很难忍受那刺骨的冰冷，咬紧了牙关，坚持再坚持，最后倒感觉通身爽快。起床铃响时回宿舍，在同学们忙着穿衣洗漱的工夫，用干毛巾反复擦拭全身直至发热，之后便是跑晨操。天天如此，月月如此。这种冷水浴一直坚持了十几年。以后即使没有冷水浴的条件，也要打一盆冷水擦洗身子。现在虽不洗冷水浴了，但冷水洗脸的习惯仍在。效果是春夏秋冬由感冒减少到基本不感冒。一年以后咳嗽、鼻窦炎再也没有折磨过我，捎带还治愈了因寒冻而引起的肩周炎。需要注意的是坚持冷水浴要注意渐进，浴后按摩，坚持运动。

为强健体魄，到隆德县各地教书时，我仍坚持晨跑，从未间断。记得离开隆德前，县体委冬天举行的环城赛，我连续三年获得县职工第一名，要知道我在宁夏大学运动会长跑竞赛时是倒数几名。另外，游泳、球类、单双杠都是我喜欢的运动。说单双杠不敢说体操，是因为我的单双杠活动没有技巧性，全是锻炼腕力臂力腰腹部肌肉的僵硬而简单的动作。退休以后剧烈的活动也随之停休，乒乓球活动就成了我的最爱。

如今 80 高龄，身体硬朗健康灵活，还有平生做事的毅力，都得益于我长期坚持冷水浴及体育锻炼。

锻炼花絮

1

1968年10月到1970年2月以宁夏大学67届毕业生为主体和全国同级极少数大学毕业生组建的两个学生连队，学生二连在西湖农场，我所在的学生一连在宁夏军区农场劳动锻炼，接受再教育的一段经历，还是挺有意思的。在学生一连除了一开始的集中军训，还有连队平时生活每天的必修课——跑操晨练，统一喊着“一二一”口令约束的整齐步伐，响彻云天的革命口号，年轻人的昂扬斗志，火热的青春气息，扑面而来。野营拉练跋涉的辛苦，尤其夜半紧急集合的号声把我们从酣梦中惊醒，忙乱中穿衣服捆行李趿鞋提裤甚至反穿裤子纽扣错位斜背不成形的背包跑向操场的百态狼狈相，把知识分子的清高气一扫而光，今天想起都忍俊不禁。当然我们毕竟年轻，可塑性强，有了几次教训之后就能从容应对了。再如刚开始连队开饭，不知规矩，馒头肉菜堵不住嘴巴，大家有说有笑，细嚼慢咽，斯文而开心。可饭刚吃过半，集合号响了，只好急忙收拾了碗盆带着才半饱的肚子去站队。知道了利害，以后吃饭便“食不语”，聚精会神地狼吞虎咽，就是女生也减少了斯文。以后的岁月里，无论在家还是在外就餐，都保持着“狼吞虎咽”的吃相，直到知道“狼吞虎咽”的弊端，才下决心改过来。

现在回忆在学生一连锻炼，一年之中大部分时间都从事与农业生产、基建有关联的体力劳动。这些劳动除了锻炼了我们的体魄意志，思想感情有一定变化外，对我而言，还获得了前所未有的见识，加深了对有些书本知识的感性认识。

有一段时间我和学友毛某在连队陈家圈养猪场养猪。养猪场离场部较远。有单独的住房，也可自己开灶，揪拉面烙饼子就是那个时候学会的。我和毛某成了猪倌。活到二十几，猪肉也吃过，可和猪打交道，还真是大姑娘坐轿。猪圈里有一头种猪，据说是乌克兰货，头大身材也又高又长，简直像头小牛。有时打开圈门，放猪们出来在沙滩散步活动，这头种猪领头走在前面，昂起头雄赳赳傲视一切不可侵犯的样子，不要说其他猪们不敢越雷池一步，我也惧它三分；回圈时，它若不高兴不想走，我还不能来硬的，更不敢用鞭子抽它，一旦发起威来，我可不是对手。好在不招惹它，它也明白我们是它们的管家，基本无事。且有毛某我们两个同心协力，精心饲养着它们，对这头庞然大物也照顾有加，分槽喂养。喂养时间一长，条件反射已经形成，每在一日三餐送食到猪圈，它们都一哄而来，摇头摆尾地哼哼着相迎我们直拥到食槽，直到食槽中出现美食，才各顾自地去饱口福而不理我们。我们还想出各种办法训练改掉猪们随意拉便的习性，到最后它们拉便时都习惯地到平时积压的粪堆上去，猪圈比原来干净了许多，我们的工作也轻松了不少。那段日子，我俩和猪们包括那头高大的乌克兰种猪也还相处和谐，岁月静好。

有一天毛某去场部卫生员那里要碘酒、药棉等，为母猪下崽做准备。只有我一人值班。不巧一头母猪要下崽了，我赶紧进了专门给产猪准备的产房，守护在躺着生崽的产猪身旁，手忙脚乱胆战心惊地作了产猪的“助产师”。当时紧张得没来得及注意，等产猪下完崽后，产猪敞开胸怀猪崽各个争先恐后寻找吃奶时，才发现乳臭未干的小崽子肚脐下还拖着一根“肠子”，有的当时就自己踩断了，吓得我心怦怦乱跳。正惶恐间，毛某来了。他一看笑着说没关系，那是猪脐带。他一边说，一边首先把猪崽自己踩断脐带的地方用线结扎，涂了碘酒以防感染发炎。然后处理其他猪崽把充血的脐带双手配合，将血撸回猪崽体内，接着在脐带离猪崽身体四五厘米处用指甲掐断，用碘酒消毒并用线结扎处理。整个过程熟练自如，我只是双手捉着猪崽起个固定作用。事后没好问为什么要把脐带里的血撸回去，我想那说不定是猪崽的一种元气，对身体一定很重要。毛某是川区农村人吧，一定见识过产猪下崽的全过程，不然他怎么知道这么做，而且从容不迫。

一次我在单独喂养产猪的小圈里给产猪倒好食它去吃时，我看到蜷曲在墙角舒服地晒太阳的一窝小猪崽在阳光的照射下，黑黝黝像缎子一样非常可爱，不由前去捉住一个想抱抱玩玩，谁知小家伙认生不给我面子，一面尽力扭动着身子想摆脱我的双手，一面夸张地哼哼着大叫着喊起“妈妈救我”来。正在另一边吃食的产猪听到它的宝宝的呼救声，立马停食调头，发出一声怒吼，不顾一切地向我冲来，我赶紧扔下猪崽，一个纵步跳上半人高的圈墙，心还在突突地跳。

人骂人时爱用“蠢猪”一词，其实猪一点儿也不蠢。

2

数九寒天修整唐徕渠，以备来年春夏之灌溉。

我班修整的一段因为渠背向渠里突出，需要按规划的线削掉一层。严寒已把渠背的泥土冻透，用洋镐一挖，和铁一样坚硬，只留下一道道痕迹，只有洋镐尖对准一个点，一气挖下去，好久才能挖下不到拳头大的一块冻土来。进度比乌龟爬行还要慢得多。我们班几把洋镐不停地挖，一周时间才拿下一小段工程。我的肩膀胳膊受伤不说，右手虎口也有明显的几道丝丝血印。

小时候看旧小说，看到猛将们打仗激烈时往往出现“虎口震裂”的词语，不大理解，这时才恍然大悟。

暑天炎炎烈日下，在脱粒机口前给输送履带递麦捆脱粒。

背靠如山的麦堆，手拿麦捆，解开“要把”，放到履带上的同时要快速用手均匀地摊开，稍有迟缓，履带带着麦捆就如飞而去，机子就有可能滞塞或出现故障。所以你只要站或坐在脱粒机前工作起来，你的心脑眼手全身都得紧张协调地配合起来，才能完成每一个麦捆的递送任务。几乎连喘气的时间都没有。加上烈日的烘烤，麦尘的熏呛，机器的巨大轰鸣，履带飞速的紧催，人就像安在脱粒机上的一个“环节”，不由你忙不迭地给机子张开的大口紧张地喂呀喂呀，时间一长，人的精神都快要崩溃了。

高中甚至大学学习政治经济学，讲到工人为了反抗资本家的残酷剥削压榨而破坏机器的事，我有些想不通，反抗资本家理有应当，机器是个无知无觉的东西，何罪之有？

通过一夏天在脱粒机前的艰苦实践，我终于想通了。

隆德记忆

1

1970年3月，接受再教育一年多的劳动锻炼结束，自治区大学生工作分配名单的文件也随即下达。层层分配，我最终被分到隆德县好水中学。

来县汽车站对面车马店住地接我的人，自我介绍是学校后勤人员，姓杨。既然他是后勤人员，我也不好称他老师，就叫他老杨。三十开外，身材瘦小而匀称，穿着朴素，满脸秀气中略带沧桑，说话温文尔雅，谦和低调，像个南方人。

老杨来时牵着一头小毛驴。我们走时，小毛驴背上一边驮着我的一个小书箱，一边驮着我的被褥等行李。瘦小的老杨牵着小毛驴在前面走，我跟在小毛驴后面走，我们都默默地在北象山的盘山路上缓缓地往上走。背景是：隆德的三月，通常说法是春寒料峭，实则冬意未退，满山光秃秃的，一片萧瑟景象。几十年来，它像一幅有趣而特淡的水墨画，定格在我的脑海中。

县城到好水学校有十几里路，少也要走一个半小时。为了打破沉默消除乏味，我紧走几步和老杨并行，边走边聊，边聊边走，才发现老杨非常健谈，说话抑扬顿挫，有板有眼。所谓聊，其实是我问，听老杨说。他说了隆德的天气，说了好水学校，从脚下的北象山说到山后的好水川，最后被我一问，引出他讲述了一段历史上著名的西夏李元昊在好水川口设伏围歼大败北宋的“好水川之战”的动人故事。听得我对老杨刮目相看了。不知不觉就上到山顶，沿山脊走不远，放眼望去，对面高高的平台上一棵硕大的老柏树郁郁葱葱，格外显眼，堪称风水景观。老杨说那里就是学校了。很快下到山底，过河上坡，走过一段川地，便登高台到学校。

从老杨的几句自述到后来同事的介说，我对老杨的情况有了基本的了解。老杨湖南人，十七岁就考入武汉大学汉语言文学系，在校时就参与某报的编辑工作。毕业后分配到西北宁夏再分配到隆德中学教书，再后来又到好水中学搞后勤工作。

有同事还说老杨学问功底深厚，有一种字典他都能背下来，古汉语知识了得，尤其在音韵学方面，在宁夏大学也无人可比。虽然凤凰下架，知道是这样的老杨，以后我也不好见面直呼“老杨”，而改称他杨老师了。

我喜欢古汉语，可惜是个半吊子，凭他接我且一路攀谈的机缘，在好水中学的两年里，只要有空我就找杨老师请教。我第一次去他房间说明来意后，杨老师很谦虚地笑着说的一句话，到现在还言犹在耳：“请教不敢当，有空欢迎来，我是个大闲人”。很快我们便成为亦师亦友的朋友。

杨老师还是个多才多艺的人。每年元旦的庆祝活动各班都要积极准备排练节目，作为班主任的我却是个文艺的门外汉，每次都请杨老师亲临指导。县上举行中学文艺汇演，学校组建文艺宣传队排练节目，无人能担此重任，只好让杨老师出山总编总导。县上汇演一举成功，大大激发了全体师生的自信力，跃跃欲试，摩拳擦掌，要在文化课、体育、文艺等几方面都要和隆德县中学比拼一番。其实和隆德县中学比拼一番也不是无知狂言，好水虽地处偏僻山区贫穷落后，学校院里可是藏龙卧虎，好水学校的优秀老师兼之宽容大度作风民主善待知识分子的柳映池校长，就是创办好学校的中流砥柱。多年前由当年在好水中学教书后依次任职固原师范高等专科学校校长、宁夏文联常务副主席、作协副主席的慕岳学长发表在《黄河文学》的关于好水中学杰出人物的精彩回忆《因缘好水》，就非常真实生动地作了介绍描述。要不是几年后的人才大流动，还真是隆德中学的竞争强手。

隆德地处阴寒，睡觉的床仓要装上细煤，点燃，再用细灰压好，封不严实煤气泄漏是要打死人的。是杨老师还有我的学长慕岳老师不厌其烦地替我操作，教我方法。

我结婚的新房都是杨老师亲自为我装修布置，糊顶棚贴双喜，都花了好几天的时间；结婚时的简单仪式都是柳校长、老师们帮忙捧场，当然，具体工作还是杨老师操办；婚后担心我们粮食紧张，杨老师特意把他多年平时节省的二十斤粮票慷慨送我补贴用。

两年后我调到联才中学，不久杨老师也离开好水中学上调固原师范高等专科学校中文系教授古汉语，所学才有了用场，而我们见面的机会就很少了，只是在宁夏高考阅卷时还可相聚，有时在我出差路过固原去家里拜访他。

杨老师平时在生活上喜欢就花生米喝点小酒，吸口烟。那时柳校长习惯用旱烟锅吸旱烟，上行下效，烟民们便也用纸条把旱烟叶卷成小喇叭吸，我也是那个时候学会了卷旱烟吸。学校没有专门的办公室、会议室，全体教职工如果开会或集体学习，就在柳校长比较大些的房间里集中。柳校长屋里有的是旱烟叶，烟民们卷上小喇叭吸起来，满屋子烟雾缭绕，都冲淡了场面的严肃性，但似乎拉近了校长教师之间的距离。加之校长良好的为人，学校上下一心，团结和谐上进，也难怪产生和隆德中学比拼的雄心。

杨老师旱烟和纸烟兼吸，纸烟就是两毛五的黄金叶。那时他的烟瘾就较重，吸起来一根接一根的。我曾劝过他，烟还是对身体有损，尤其对肺伤害很大，尽量少抽为好。他长叹道："我岂不知，多少年了，恶习难改了！"

最后一次去拜访他时，他已是正教授了，工资也应该不菲了，可是他依然吸的是两毛五一盒的黄金叶。当然，入乡随俗，旱烟是不吸了。艰苦日子过惯了，想奢侈也奢侈不起来了。

20 世纪 80 年代末，杨老师调回湖南怀化师专，临走时他向校方推荐我接任他的古汉语课，校方领导也尊重了他的意见，据说课程都安排好了，遗憾的是我犹豫再三，最后还是选择了银川一中。在后来的电话和通信中杨老师还不无惋惜和抱怨。

杨老师的肺部最终还是出了问题。有一年从杨老师微弱的电话声中得知他作了肺切除手术，效果还好，在家静养，当然，烟也戒了。我也说了些安慰的话，祝他早日康复。

谁知一年以后杨老师还是没有迈过人生的大坎离开了人世。

当我知道杨老师去世的噩耗时，已经好几个月了。

杨老师去世，我都没能去给他送行，在灵前祭奠他，内心多有遗憾。

2

人生的经历很有意思，有些所谓大事在记忆中往往是匆匆过客，而有些日常生活小事却一生难忘。

在好水中学，我住在一排有六个土木结构房子的中间一屋里，陈旧简陋，一床，一桌，几乎占满房间地面的五分之四；房子与房子之间，谈不上隔音，一屋稍有响动，相邻就能听见。我右邻慕岳学长，左邻给学生做饭的张师傅。

一天晚上半夜，突然被一阵铃声吵醒，我仔细听，又没声音了，不到一分钟丁零零的铃声又响了几下。深夜万籁俱寂，尤其在偏僻山区的深夜，这铃声格外刺耳。确定是从左邻房间传来，而且是自行车的铃声，这样又停——又响，如此反复，好似没有停止的意思。

睡不着就胡乱猜想：张师傅是沙塘人，每周回家都要翻一座山，下山后还要走三十多里路才能到家。徒步行走太费事费时了，他又是个有家室的人，早到家就能给家里多干些活儿，减轻些妻子的农事负担。早就渴望买辆自行车。全家省吃俭用，好不容易攒足了钱，却为搞不到购车票而发愁得不行。上星期他突然万分得意地炫耀托人走后门终于搞到一张自行车票了。看来如愿以偿买上新车了。因为他不是老师不备课不批改作业，房间就没有配备办公桌，地上床与窗之间就能放一辆自行车。那年月一般人是买不起自行车的，买得起的也要有票，而票商业局专管经理掌握着，控制严格一票难求。谁买一辆自行车回来，就像单身汉娶回“新媳妇”那样高兴。张师傅肯定也是这样，这会屋里应还亮着煤油灯，正趴在床边瞅着欣赏他刚娶来的“新媳妇”，不停地瞧啊看啊，越看越爱，忍不住不时地伸手摸摸“新媳妇”的脸蛋，铃声就丁零零地响起来，“新媳妇”清脆的声音听着舒服极了。这就是我不断听到丁零零铃声的由头吧。

想到这里我心里笑了，不过就是一辆自行车嘛，折腾到半夜，至于吗？这个张师傅真是个“痴心汉”。

明早还要出操上课呢，我用被子蒙上头睡了。

第二天在张师傅房间门口一瞥，果然一辆崭新的天津造飞鸽牌自行车放在地上。

一年多的连队军事化生活毕竟受益匪浅，军事训练、体力劳动也使我体格健劲，走起路来挺身昂首，两臂甩开，“一二一”的，再加上经常穿着一位解放军战士送我的一条军裤，难怪不知底细的人还以为我是复转军人呢。其实骨子里远没摆脱百无一用的书生气。笑张师傅“痴心汉”，殊不知我自己的“痴性”或者说“迂”也够可笑，只是表现略有不同而已。

在好水中学预防地震的一段日子，人心惶惶。第一天晚上我坐在床上背靠着墙不敢睡去，亮着灯，警惕着大地的每一点动静。忽然眼光落在桌子一头的书箱上，马上忘我地担心起书箱里那几本大学课本和讲义等书来，一旦地震来了，房倒屋塌，我的书和讲义等怎么办？我忘了自身安全立马起身抱起书箱，放到这里，觉得不安全；放到那里，觉得也不合适；几移其地，折腾半夜，最终放到桌子下面墙角处才放下了心。第二天，学校搭起几个帐篷，在外面睡了几天，心里还是担心着我的那箱书。

防震过后，心理恢复正常，即使房倒屋塌，那么单薄的房顶，它奈我的书箱何！呵呵！

除了痴性，还有傻气。

两年后在联才中学，八月十五前夕，学校打算教师灶买只羊给大家改善生活。伙管员联系了联合生产队，牵来了一只大肥骟羊。大伙围着大肥骟羊讲价钱，多多少少，加加减减，价钱终于讲到48元。伙管员还要往下压到40元。在一边的我看到那么多老师对付一个庄稼汉，那么肥大的一只骟羊48元已够便宜的了，还要往下压。我有些不平，就随口说了句“48元可以了，养羊也不容易”。我的一句话搅了局，自家人都这样说了，伙管员不好再说什么，最后以48元成交。

过后，伙管员及几个老师都埋怨我，交易场所有你这么傻乎乎胳膊肘往外拐替对方说话的吗？！

我意识到了，只好红着脸笑笑表示歉意。

就是因为自己的傻，以后的人生路上都中过不止一次别人下的套呢。

3

分配到隆德县的七人，三人进隆德县中学，三人分别到隆德的沙塘中学和神林中学，唯独我分到偏僻山区好水中学。县教育领导小组成员，比我低一级而捷足先登隆德的张某某学友还关切地问我满不满意，我连忙笑着说“满意！满意！哪里都是干事业”。不错了，到哪里能教书就行。说实话当时想教书，也就是想得到一种谋生的手段，谈不上什么境界，什么忠诚。

到了好水中学，平易近人的校长，五湖四海各个远别家乡知识渊博乐观豁达的老师们的敬业精神，山区学生的淳朴好学使我感触良多。

然而震撼我心灵的还是一次家访。

好水中学有家访的传统。一次星期六我们一行几个老师先到观庄学生家里家访，再到倪套。因为天晚就住在倪套一个名叫陈维新的学生家里。我平生第一次感受到山区农村学生家长是那样的实诚、热情、厚道，他们像待亲人一样待我们，给我留下不可磨灭的印象。

第二天到窑套，那里有我班上学生裴正有的家。裴正有和他爷爷住，条件不好，我要去看看。我们一行从倪套出发到窑套已快十一点了。知道裴家生活困难，我们打算看看坐坐聊聊就走。谁知学生爷爷怎么也不行，非要我们吃一口再走，要不就是看不起他们。我们再不好拂他老人家的意了，重新坐下。我就面朝门吊着腿坐在炕沿边上，可以看到院子。一会儿，裴正有白发苍苍的老奶奶双手端着一碗白面从大门外颤颤巍巍地进来了。大概家里至少没有白面了，到邻居家借了一碗白面来招待他孙子的老师们。

看到这情景，我的心猛地颤抖了一下，涌出一阵辛酸。这顿饭我是和着悲哀、同情和感动的复杂情感吃完了一碗面。

这次家访尤其裴正有老奶奶的这碗面，抵得上我一年多接受的再教育。

从此后，我才算真正走上了人民教师的神圣岗位。

4

我在联才初级中学教书的第四个年头，1976 年 9 月，全国悼念毛主席的这一天，公社悼念大会的会场就设在学校操场上。悼念大会在上午十时正式开始。

这天早晨，学校师生排队去操场后，我抱着三岁多的儿子大勇到李老师房间去，和那里老师的几个孩子一起玩去，等开完追悼会我再领。说的好好的，当抱到床上我要出门去会场时，大勇却哭着要跟我走，我怎么哄说就是哭着要跟我走。起初我还有点耐心，后来心中有火了，这种会严肃静穆悲痛，尤其是毛主席的追悼会，可一点都马虎不得，小孩子家一旦不懂事影响了会场气氛，我能担得起吗！决不能随小孩子的意让他去会场。也怪，那天我再哄再劝就是哭着要跟我走。眼看追悼会要开始了，我迟到了那可不好。一焦躁，朝孩子屁股打了两巴掌喊他坐下，孩子哭着坐下了。我转身刚迈出门他又哭着喊着溜下床不依不饶地朝我跑来。我不能迟到啊！一急一气，甩开胳膊狠狠地在大勇屁股上用巴掌教训起来，然后抱起来强行蹾到床上便转身急急向会场跑去。幸好追悼会还没开始，我忐忑且悄悄地站在学校队伍后面。喘息甫定，一位大会工作人员竟领着大勇来了。原来我前脚跑，他就溜下床出门在后面追，一直追到会场门口，维持秩序的工作人员看到是学校权老师的孩子哭着就领来了。幸好他这时只是哽咽啜泣着再没哭出声，乖乖地抓住我的衣襟站在身旁，直到追悼会开完。谢天谢地，这次事情算是平安地过去了。

会后回到家里一看大勇的屁股又红又肿，我一下子揽手抱在怀里，连说爸爸对不起，打狠了，心疼得眼泪直打转。妻子也伤心地抱怨不停。孩子一定要去带上就是，会出什么问题呢，不是最后去了也没事么。

我是一个称职的老师，算不上称职的父亲。平时忙于教学也心在班级，不是上课就是批改作业，晚上还要备课，没有好好地陪孩子玩过一次。妻子上班走后，大勇就留给我，可我顾不上管，任其在校园甚至跑到街上去玩。给他买过一个小小的汽车玩具，就是跑到街上去玩时被一个大孩子给抢走了。这事是他后来工作以后写的一篇文章中看到的，可见这件事对他幼小心灵的伤害。孩子越小越需要父母的陪伴和呵护，我竟忽略了。

只有寒假我带大勇回老家还能陪大勇一段时间。当时的想法是尽量多带孩子回老家，长大后也才会有些家乡观念和情感不忘故土。老家孩子多，亲人们都喜欢，尤其他爷爷喜欢得了不得，大勇应该是开心的。

但有一次也使他吃尽了苦头。回老家坐班车从联才到静宁县，再乘班车行九十里到平峰镇，还要走十五里路才能到家。但双树到平峰三十里路路况不好，土路长期无人管理修整连沙石也没有铺，一下雨下雪路面泥泞打滑车就不到平峰去了。还有一条路从西吉县城乘去固原过隆德的车经过联才，而老家到县城就要步行六十里路，可怜又没有任何代步的工具，徒步更加费事。哪能像现在乡乡都是硬化路，村村都有班车通，风雨无阻，给行者带来极大方便。

有一年寒假，大概大勇刚七岁的时候，我带着他索性骑着自行车翻山越岭车行一百多里回老家。去时还好，虽无艳阳，但冬天的阳光毕竟能扫淡些寒气，万里晴空浮游着几朵白云，山风微微，拂面稍感冰凉，是个行路的好天气。路平缓时骑车，遇陡坡时步行。这时便指引大勇观赏山区几近光秃的群山萧条的景色，倒也罢了。

可返回时因头天晚上的一场雪，车子不好骑，只好推着走。走到平峰镇后积雪越来越厚，推车子走都根本无法前行，不要说带上大勇骑车走了。我只好和车子转换角色，右手把持着右肩上扛的车子，左手拖着大勇徒步行走。沿山公路的积雪又经一夜的风吹，形成“窖雪”，深一脚浅一脚，深深浅浅更艰难，走一段路鞋底便沾上厚厚的一层积雪，走起来向后打滑，一不小心就滑倒，要不是我紧紧握着大勇的手，不知要跌多少跤。

好不容易从平峰镇走到了双树，大勇就有些走不动了，要知道当年大勇才七岁啊。从双树到静宁还要六十里路呢！——“再过几道弯就近了”，——“再绕几个梁就要下山了”，——“男子汉说不累就不累！”——“好脚板就是这样走出来的”——“再坚持坚持，坚持就是胜利！”我只好这样反反复复地哄哄骗骗，不断地鼓鼓劲加加油，实在走不动了停下来拥在怀里歇一歇。

终于要下山了！终于下山了！路面也好起来了！到静宁县城了！憋了一天委屈又苦又累又饿的大勇这时突然尽情地大哭起来，我心疼得再一次拥进怀里，好一番安慰，擦干眼泪，这时能带上大勇骑车了。很快到了他舅舅家，这时天已经麻麻黑了。

大勇的小腿肿了，脚肿得更严重。

想起我在固原中学上学时，有一年寒假回家，我们西吉的十来个同学夜晚在宿舍围坐着临时在地上用土坯围成的火炉烤馒头吃，边烤边吃，到各自吃完从灶上买来的七八个馒头后，胃胀腹饱心满意足地在后半夜就徒步向一百多里路程远的西吉县城进发。第二天中午到达县城。当时我大哥还在县亚麻厂工作，我躺在大哥房子的床上像瘫了一样，脚腿疼得动都不能动，直休息到第三天才能勉强往家里走。那年我已经十七岁了。

这是带儿子大勇回老家返回时最艰难的一次。

调到隆德中学后，随学校旅游时带大勇登过华山。因华山险要路边即是万丈深渊，我也是牵着大勇的手遍登华山五峰的。最后我都累了，“鹞子翻身”最险要处没有勇气下去，只是俯视了据说是陈抟老祖和赵匡胤下棋赌赢华山时的棋盘。这次登山大勇也就是十岁左右，有多累，累到什么程度，没有印象了。

有一年暑假，隆德中学刘瀛洲老师多次看到大勇在学校东面一个小水坝坚持练习游泳的劲头，狗刨式地在水里扑腾，一会儿浮，一会儿沉，有时呛一口水，只好站起来吐出水，咳嗽几声又继续在水里扑腾。有次闲谈中刘老师顺口说起看到大勇学游泳的事并夸赞说，这小家伙的毅力了不得。我才知道他还背着我学游泳，很是不放心，第二天特意到那个小水坝察看了一番，还好，坝底平整，水也不深，就放心由他去了。

现在回想起来，那次山地雪路的长途艰难跋涉和华山五峰的辛苦登攀，加之他后来背着我练习学游泳的经历等，对他后来的人生之路也许是很好的磨炼。

但是由于我的疏忽平时对大勇的学习表现过问关心不够，学习并不好，初中升高中时英语仅考了 50 分，高一全然没有进步的迹象。这时我才着急了。凭着我的关系，陆陆续续请过三个英语老师一对一补习，结果都是无功而返，共同的看法是他学习心不在焉。我毫无办法，为此非常苦恼。有一次在书房偶然看见大勇的一篇日记，才发现大勇在生活中遇到个坎过不去，引发一些不好的念头，引起我的重视。怎么办？我曾因事罚他跪过搓板，也曾要他长记性动过手。打骂惩罚显然不行。

最后我终于选择了另一种方式。一天晚上我让妻子、女儿早些回房休息，客厅里只有我和大勇两个。我不是用老师的姿态，也不是以父亲的威严，而是以朋友的身份平等地交流谈心，这次谈话直到深夜。大勇以后像换了个人似的，突然懂事了，学习不用操心了，学习成绩也渐进提高。

一年后我调到银川一中，随后大勇也转学银川一中高三学习。

那一年里，他的各门课程都有突出的表现，任课老师对这个山区转来的学生也刮目相看。尤其语文课上名师朱家侠老师对他作文的接连讲评，同学们都误以为大勇是朱老师的亲戚呢。我看过他的一篇作文《城里人和乡下人》，还真立意新颖，写得有板有眼，有滋有味。那一年，他每次吃饭都要坚持看几段我给订的《英语画刊》，从未间断。往往我深夜醒来看他还在灯下学习，心有戚戚焉。这一年高考，别的科目且不说，原来最差的英语高考成绩竟名列银川市第一，考取了当时挺热门的北京经济贸易大学。实践也证明那次谈心交心是对头了。那也是我对大勇教育最关键最有效的一次。而以后漫长的日子里，无论顺境逆境，大勇对英语的学习一刻也没松懈，接触过他的人都啧啧称赞他的学习毅力。他的毅力他的定力，我也有深刻的印象。这也与他小时的经历不无关系吧。

5

改革开放后，教育终于回归正常，要抓教育质量了。也由于我在联才中学语文教学的口碑和第一次中考的良好成绩，1979 年我调到隆德县中学教高中语文。教育局很照顾，随后我妻子也调到城关一小。毕竟是县城中学，不几年就住上了新建的不错的家属院。比起联才一家住的土坯斗室，真有天壤之别。没有后顾之忧，一心扑在教学上，尽情享受教书育人的快乐。

批阅学生作文时发现每一篇优秀作文，使我欣慰；看着学生一天天成长一天天进步，使我欣慰；一届届辛劳终于有每一阶段的收获，使我欣慰；送出去的学生一个个成才进入社会有所作为，使我欣慰。若干年后有一届毕业生请小学、初中、高中班主任老师到隆德县城聚会联欢，高兴激动，写了一首诗，记得最后一联是“最是平生得意处，昔日幼苗成栋梁”，表达的就是这种心境。

其实就是在平时的学校日常生活中，也常常能享受到师生深厚情谊的愉悦。

有一年高考结束，我也放松一下身心，晚上和女儿到久违的电影院去看电影。看完电影回家时已十一点多了。路过校门口时突然在夜色中走出几个人来，我一看，原来是学生魏志清等人。他们是回族，家在张成、杨河等地。因为家远，住校，因为回族学生少，学校也无法开灶，他们几个都是每周步行几十里回家，返校时再从家里带上一周的干粮，为了防止饼子发霉，往往要放在窗台上晒晒太阳吹吹风，生活很是艰苦。又因为他们小学、初中学习基础差，高中的课程学起来很吃力，有个别人甚至瞧不起他们，他们有一种压力，甚至自卑。我平时对他们几个学生就格外多些鼓励，多些关心。我吃惊地问：“半夜了你们在这里干什么？”原来高考结束，本来下午他们就可以回家了，因为想和我最后告个别就相约留了下来。晚上不到 9 点他们到我家请我，不巧我不在，魏志清说：“师母说您看电影去了，我们几个就在学校门口等着接您。”谁知那天晚上电影放映时间长了些，将近 11 点多才结束，这一等就是几个小时。

我心里很过意不去，让女儿先回，赶紧和等我的几个学生到他们宿舍。宿舍里还有他们一起的四五个同学仍端端正正地坐在床边眼巴巴地等着，地上两张桌子并在一起，桌子上已放好了糖果葵花籽等，就等我来了。告别的场面上，他们发自内心的感激话语，清纯的脸上憨厚依依的笑容，殷殷感恩的眼神，以及全体站起来对我深深地鞠躬，都从那淳厚诚实的情感里流淌出来，再一次使我的心灵在欣慰中得到净化。

这是一次几个贫苦的山区回族学生专门为我准备的一次别有一番滋味的师生告别场面，我非常珍惜这次意想不到的师生告别场面，多少年来都难以忘怀，我能有缘和他们成为师生关系而感到欣慰。

但是也有遇到过不顺心的事。

有一年学校卡车拉我们去外地听课，返回时路过平凉，我请司机顺便买些白菜带上，司机可能当时情绪不好吧，不但不去买还讥讽地大声说：“烂教师还想吃个大白菜！”我真没想到司机竟能说出这样的话，自尊心很受伤害，但无话可说，我不想和司机再争辩什么，不买就不买吧。

在继续回校的路上，车上的老师出奇地沉默。

1980 年左右，隆德县蔬菜等供应还基本处于垄断状态，每当调来一批蔬菜，供销社深长而昏暗的营业厅里抢购的人满为患。也需要补充蔬菜的老师们有上课任务，只能是望而却步，谁也耗不起那等待几个小时的时间。

有一天一大早，有消息说又来菜了，刚好上午我没课，下决心去买些菜。我在供销社菜铺门还没开时就去，门一开，我就随着人群拥到柜台前面，满以为我可以很快买到，回去还有许多事要做呢。

我的身旁身后已经挤了一大片人群，压得我喘不过气来。我挣扎着首先把菜篮子和钱伸到售菜员眼前。也许是生面孔的缘故吧，售菜员就像没看见一样，绕开我，只是在我的身旁身后头上依次去接应向她打招呼的菜篮子，然后是不紧不慢地装菜——过秤——付款——交货。我眼巴巴地盯着她接应、打发走一个个购菜人，就是不看我一眼，就像我这个人不存在一样。我身旁身后的人来来去去。

这个售菜员是隆德本地人吧！向她打招呼的当然不是亲朋就是熟人，怎么那么多，没完没了。眼看菜所剩无几了，我有些绝望但仍拼命地把菜篮子往售菜员手上不断地伸递过去，几次都碰到她的手了，但她就是不理我，仍然把手在我身旁身后头上绕去绕来，非常沉稳地去接应一拨又一拨向她打招呼的后继者的菜篮子。

不知怎的，我一下子心火往上蹿，那时年轻身体棒，手臂一撑，身子一纵，跳过了柜台。你不理我，我就自己亲自动手给我的篮子拾菜。这时始终视我为无物的售菜员却发现了我的存在，呵斥我干什么，叫我出去。我也激昂地说出理由把她顶回去，并说，你还叫我出去，你叫你们经理来先评评理，我等着！这个售菜员看我一副拼命的样子不再说什么，任由我自己往菜篮里拾菜。

其实这时我已无心思买菜了。

此后我再也没有去过那个地方，当然以后自由市场逐渐兴旺蓬勃起来，买菜的渠道也多了去了。能想得来，没有了垄断的优势及弊端，为了生存，供销社菜铺子也融入了经济市场的大潮中，旧貌新颜，以前令人不快的现象也一去不复返了。

（2020 年 5 月）

危难不期而遇

人的一生大概都是从磕磕绊绊甚至层出不穷的危难中过来的，就像激流险滩中行走的一叶扁舟。

记得我在十岁之前就有好几次危难，跑步时被门槛挡倒跌坏了一颗门牙；骑驴时从驴身上掉下来昏迷了半天；正月里到亲戚家玩转球接榫脱落甩出老远差点没命；六月天在河湾崖壁拔冰草踩在马蜂窝口，惹得万千马蜂铺天盖地暴风骤雨般轮番向我头上脸上身上袭蜇报复，我逃到哪里它们都穷追不舍追到那里团团包围，不顾一切而疯狂地猛蜇我的皮肉以发泄侵犯它们家园之恨。可怜我被蜇得遍体肿疱失魂落魄无处遁形，只是哭喊着拼命在河滩向回家的路上奔逃，一面用手中的一小撮冰草本能地挥打抵抗。要不是大人赶到，不知会被马蜂蜇成什么样子。直到回家后脱衣服时还有马蜂从衣服里飞出。

这种危难到长大后也屡次不期而遇。

1

1963年高三第二学期一次体育课，是练习投掷。下课了，同学们陆续离开操场，体育委员忙着帮体育老师收拾铅球标枪之类器材。

我在操场的另一头，刚好身边有一支标枪，看见对面没人了，捡起标枪便向对面使劲投掷出去。标枪刚一出手，却突然发现标枪投去的方向有兰书臣同学正在走着，我惊得大喊一声，说时迟那时快，标枪尾部只差咫尺越过他的耳朵。当时吓得我魂飞魄散，目睹这惊险一幕的体育老师和同学也都惊得毛骨悚然。因为事出偶然，又看见我惊吓得面如土色的可怜样子，体育老师也没有过分指责我。

但是事后我越想越怕，假如事故不幸发生了，摆在我面前的命运可想而知。兰书臣同学不但文科优秀，且出身好。校园里普遍认为事故真发生了那一年就一下子葬送三个大学生，因为大学毕业的体育老师出身也不好，脱不了责任，免不了判刑。

这一年高考后，兰书臣同学荣登宁夏文科状元之位，进入北京大学历史系，我也有幸被宁夏大学中文系录取。兰书臣同学若干年后成为解放军少将，学术上也取得骄人的成就，成为固原中学乃至整个固原的骄傲和光荣。这件事我至今想起来都心有余悸。

2

在宁夏大学我这个“旱鸭子”也学会了游泳。

有一段时间，我住在商业局和几个人准备李文忠展览。那些不短的日子里，我常常步行到唐徕渠去游泳。在唐徕渠活水里游泳，比宁夏大学自己建造的游泳池里好游多了，你游累了尽可以仰面躺着顺水漂流，随意而舒适地休息。

有一天我游累了照样平躺在流水上休息，仰观万里蓝天间有白云悠游，侧瞥两岸杨柳依依飞鸟掠空，比起大街上熙熙攘攘人群可养眼多了；时而微闭双眼任流水助我顺流漂浮。这时一切烦恼忧心的事都随水而去，身与天地自然合为一体——忘我之时，不觉漂流过我经常所游的范围。忽然身子猛地下沉，几乎同时一股水势把我由仰躺掀为俯卧，紧接着听到右侧水流流向田间涵洞的响声，我立马判断我被两水分流时一定夹角形成的旋涡吸压而下沉，如到涵洞口就有可能被卷进涵洞而丧生。但是很奇怪，当时我没有一点像当年投掷标枪差点误中同学所受到的惊吓那样，相反连一点惶恐都没有，心里非常冷静。只是大脑闪过我这么多年在外，给家里无只字书信，而今就这样死了，家里人知道后不知该有多伤心了，心里涌出一阵悲哀；但心有不甘，随即提醒自己，憋住气，伸展四肢，挺直身子，还有可能从吸压中冲上去摆脱死神。试试吧！这样想着，便尽力伸展四肢，挺直身子，双臂双腿奋勇击水，向前上方猛力跃身使劲，终于冲出漩涡险境。后怕袭来，急急如漏网之鱼，抓爬上岸；惶惶如惊弓之鸟，一溜烟似的跑到放衣服的地方胡乱穿上衣裳，逃回住地，心还在怦怦地乱跳。

我看过《欧阳海之歌》，看到欧阳海在火车相距 100 米时推马救险情一章节中层层铺叙主人公几段心理活动描写，精彩是精彩，但觉得不真实，就那么 70，50，30 米的距离，还能顾得上去想这想那？我这次游泳漩涡遇险的经历使我相信那是有可能的，人的大脑在特定的情境中一刹那间是可以闪现出许多许多想法来的。

3

有时面临险情也有几乎什么也不想的。在宁夏军区农场接受再教育劳动锻炼时，有一段时间我们班奉命到苏峪口拉石头。有一次装满石头的拖拉机下山下到一个很长的陡坡时，不知怎么车头跟车厢连接的挂钩突然脱节了。我当时正坐在车厢最前面右拐角处，挂钩一脱节我就发现了。但我大脑中好像没有什么想法，既无惧意也无喊大家赶快跳车逃生的念头，只是一眼不眨地死死地盯着车滑行的情况。幸好车滑行了近 30 米车厢挂臂撑住了车厢才停下来，有惊无险，一次重大事故没有发生。有车上的同学这时才知道车出问题的事，个个倒吸一口冷气。一旦挂臂撑不住而翻车，车上的人不是压死就是被飞石砸死。

4

但是生活中有些险情事故根本不容你想就已经产生恶果了。

20 世纪 90 年代初期我和大勇一起骑车去湖滨街一家游泳馆游泳。大勇先走，我有事迟几分钟。我骑车加速赶到中心巷距解放街不到一百米处，有一个骑车的离我有四五米，我继续加速打算超过他。我车的前轮刚到前面那辆车的后轮，这时忽见五十米远处一辆解放牌汽车逆向开来。中心巷路面狭窄，我怕超车接近逆行的汽车，赶紧一面拉闸减速一面把车头向右猛拐，打算到路边好让汽车过后再赶路。谁知我的车闸完全失灵了，猛拐车头时碰在前面自行车的后轮上，我的车就像射出的箭一样斜着冲向巷子左前方。等我反应过来已撞在逆行的汽车头上，司机幸好能及时刹车，我本能地用手掌撑在汽车头上，车子的保险杠被撞得拱形转了向，车轮几乎拧成了麻花，因为手掌撑在汽车头上，身体没有碰撞到车头，人算是完好无损。

这次事故，从拉闸到猛拐车头这一动作我是清楚的，事故的后果是铭刻的，而两者之间这一段过程就糊涂了，有想的间隙吗？所谓“我的车就像射出的箭一样斜着冲向巷子左前方”那是根据刹那感觉和事故本身的逻辑轨迹分析出来的。

这种事故是完全可以避免的，很简单，骑车时稳一点，车速慢一点就行了。但是说是这样说，我一骑上车子就慢不了，所以以后又发生了几起都是命悬一线的撞车翻车事故。我深刻反省过自己，根源还是在年轻时，在隆德不骑车则已，一骑车目的地就是几十里或上百里，那是要赶路程的，不快行吗？而那时的隆德等地沿路又人少车稀，基本平安无事，到银川仍按惯性走，必然碰壁。而一种习惯一旦养成似乎融入了你的性格，要彻底改掉何其难也。

5

有些灾难事故就是飞来横祸了。

也是 20 世纪 90 年代的事。有一天上街路过新华街购物中心对面商铺门前，刚走过，突然从上方落下一件东西，只听“砰”地一声，我回头一看，是装有半桶的水泥掉下来了，离我只有一步远，好险！顿时惊出一身冷汗。再抬头一望，原来这家商铺正在修补房顶，竟没有设置安全防护栏，而房顶上的民工竟粗心大意到把水泥桶这样重的危险物给弄到人来人往的街面上了，一旦倒霉砸到头上还有命吗？后来时而从电视上、微信里看到高层楼房有人随意往下抛物砸死行人的新闻，真是吃惊得无话可说！

《红楼梦》里写林黛玉进贾府时“步步留心，时时在意”，我们出门后可也要“步步留心，时时在意”了。

记得六岁时，大概心气不足的缘故，每天晚上躺在炕上，只要一吹灯，眼睛睁得大大的却看见周围各种形态稀奇古怪的物象，有四条腿似狗非狗眼睛发出绿光伸出半尺长的舌头对峙着瞪你的，有似人形而立也是伸出半尺长的舌头眼如铜铃面目狰狞张口吓你的。我侧身看窗，它们在窗子上出现，我吓得不行，赶紧眼睛转向门看，它们又倒挂在屋檐上长长的舌头下垂着，朝你故作鬼脸。我无法忍受，急忙转身双手抱着头俯趴在炕上闭上眼睛喘会气，闭眼时便什么也看不见，一片漆黑，可好奇心驱使我微微睁开眼睛，却看见了完全不同的另一景象，眼前一池清澈见底的水，水中各种各样五颜六色的可爱的金鱼摇头摆尾游来游去煞是好看。但我只要仰躺或侧卧，就会看见骇人的物象，吓得我哇哇大叫不能入睡。父亲每晚都要点上好几次灯，折腾到半夜精疲力尽了才去入睡。随着年龄的增长心气强了，八九岁时再无前面出现的情况了。

有时我异想天开，小时看见的那些噩梦有似我后来人生中所遇的危难，清水池中的金鱼就是美好的事物了。据说水与感情还有关，在我人生的每个阶段的确也遇到过美丽的风景。现在回首，所遇危难都如梦远去，何况幻境中清澈水池斑斓金鱼，本就虚空。

有趣的是，有时候的梦，还真是现实的存在。上大学期间，我的一个要好的同学曾给我说过他做过一个梦，梦见他从小玩耍两心相许的女友突然像怀孕似的挺着个大肚子向他走来，心中忐忑不安好生奇怪。等假期回家，才知道他心仪的女友在权势的逼迫下进了另一家人的门。我自己曾在梦中艰难地攀登一座小山，终于如愿。山风习习，草青树绿，山花笑迎；转头不远处却见丛丛坟墓隐没草中。这一年我通过考核评比，被自治区政府授予中学特级教师荣誉称号，算是到了我人生的顶点。退休以后梦中所为多是下山或走下坡路了。也常常有梦中给学生上课的事，铃声响了，可讲课必需的课本却找不到，或是教案还没有备好，或是找不到教室，正当焦急万分心急如焚时突然惊醒了，深深地出口长气，身心才松弛下来，庆幸自己多亏是梦。这些梦不都很现实吗？

（2019 年 9 月）

家乡巨变中的惆怅

记得20世纪50年代中期，清明时节权家坪、新庄里两处家族一起几十人去上坟，大人忙着修整坟园，追祖怀宗，虔诚祭奠，而孩子们只关注抢吃祭品你争我夺的。还记得上自家坟的同时，不忘给没有后代祭扫的孤坟也撒把纸钱，以表对逝者乡亲的怜念。

1957年9月我到西吉县初级中学读书起，上高中、进大学，一路求学，清明时节就再无暇去回家祭祖扫墓。1970年初分配到隆德县工作以后，又忙于教学，不愿耽误学生的课程，无论家中的红白之事，还是清明上坟，我都很少参加。20世纪90年调到银川一中后就更是如此。我感到亏欠祖先和逝者亲人的太多。

退休以后我基本每年清明都要回老家上坟扫墓，祭奠祖先及逝者亲人，以尽追怀思念之情。

而祖国发展变化的脚步我是从银川市到西吉县城，西吉县城到平峰镇，平峰镇到权家岔，回家的一路上感受到的。

1

20世纪60年代初去银川上学，要耗费四天时间：第一天从权家岔出发步行六十里到西吉县城，第二天乘班车从县城出发行经隆德县翻越险峻的六盘山至固原县城，第三天从固原乘车过同心住中宁，第四天才能到达目的地银川。沿途吃尽了颠簸之苦。

至今有三类路段记忆尤深：一是“尘土路”，前路再无车辆还好说，如前面有车行驶，扬起的尘土一片浑黄，司机都无法看清路面，四面透风的车厢里弥漫着土腥味和劣质的汽油味，让人气闭；一是“搓板路”，车轮碾过“搓板路”登登登……颤抖声能把你的心肺给抖出来；最难受的是春季“返浆路”，车行处，犹如激浪里行舟，人身随着车身时而上时而下时而左时而右，颠颠簸簸摇摇晃晃旋来旋去，本来遭颠簸污染的胃已经难以忍受，如此的剧烈折腾终于崩溃，胃里的食物全吐了出来，直至呕出苦黄苦黄的胃液。

20世纪70年代后期到80年代因开会高考阅卷等出差是从隆德乘车到银川，砂砾铺路渐次略有好转，但仍不乏上述路况，耗时费神，坐一天车（有时两天）也是精疲力尽。

20世纪90年代我已在银川一中教学，有事偶回老家，已有不少路段沥青铺就，乘车已没有原先的苦累。而县城在80年代后也就渐渐有了私人中巴直通平峰镇，尔后更通权家岔，无徒步之劳了。虽然路面不尽如人意，尤其进村下山，被两边农田主人年渐挖削本来就不宽的陡坡盘路，车下行时不由人捏把汗。

退休后，年年清明前即从银川乘班车回家扫墓，公路拓宽硬化已非原来面目，再也没有尘土满目车身颠簸，只是车行到县城至少也要七八个小时。县城到平峰六十里路经历了由土路铺砂砾到沥青的变化；后次平峰到权家岔公路也经历了土路铺砂砾到沥青的进步，只是质量有些问题。

2017 年清明前回家，银川到西吉已实现全程高速。真个是遇沟架桥，逢山过洞，路面硬化平整如磨，眼前一派鼓舞人心的敞亮的两道康庄大道。车来车往，各行其道，互不干扰，车行速度快，平稳又安全。车过处无尘杂，加之豪华的大巴，坐在车上的感觉胜于乘火车。无颠簸之苦，无长途之累，真正是旅途轻松而愉快。七百多里路程不知不觉四个多小时就到终站。

去年回家，西吉县城到平峰镇如坐小车还能借助享受一程西吉至会宁的高速路段。权家岔公路也已是拓宽的硬化路面了。从山顶下看，宽阔的公路，盘蜒而下，犹如一条硕长的青龙随山势俯伏直通权家坪及各居民点。银川到家乡权家岔近八百里路程，如驾小车，现在完全可以轻松做到“朝发午至”。

改革开放后，尤其近十年以来，银川到西吉，西吉到平峰镇，平峰镇到权家岔，我回家乡亲历一路公路交通的惊人发展，日新月异。家乡能无巨变吗？

2

平峰镇处在西吉县城的西南面，权家岔又在平峰镇的北面十五里处。东、南、西三面环山，北面有大堰（即堰塞湖）如镜。权家坪背靠的东山又称金龙山，与南山相连；南山略呈弓背，向西延展与西山相衔；南山弓背中段又有小东山伸出呈南北走向，南山被隔成两个簸箕形的湾滩，从北向南眺望正像一只硕大无比的展翅雄鹰。

两湾各有水源细流，一由东南向西北流去，一由南向北流去，经历时日自然变迁形成两道河沟在刘家湾汇合一处，沿西山向北流入大堰。河西逼仄少平地，河东川、湾、山地数千亩，宽敞豁亮，占尽地利。河沟与大堰据说与1924年海原大地震有关。北村口大堰东西两岸两山对峙与高耸的另一山系北山隔河（俗称烂泥河）相望，其北端处左右回拢相衔，狭窄处便形成大堰的天然堤坝。大堰西岸所倚山形略似笔架，又称笔架山，那大堰就是砚水无疑。小时听大人说权家岔文墨就在于此。可惜天公不作美，1958年堤坝溃决，堰水如万千猛兽奔腾跳跃冲下烂泥河，河水暴涨几乎与高岸齐平，咆哮几日几夜，惊天动地，周边闻者莫不失色。大堰溃决之后形成沟壑，此后几十年人工已无力再填壑建坝，随成干枯碱滩，远望酷似一大片难看的白补丁。多年前政府大力投资，大堰终于填平沟壑，筑起堤坝。回家又见当年大堰清明如镜，虽无昔日面积之大，倒也有相当容量。与此同时，庄间新扩建的一座小堰犹如一颗闪亮的明珠也镶嵌在金龙山西北河滩低洼处王大汉脚下，为这里村民点增添无限风水。

大堰重现昔日风采。自然景观旧貌亦换新颜。当年因挖草根艰难度日而满山土色的萧条冷落惨象早已成为历史，代之以满目青山，夏日草丰杏黄柳绿花笑，补栽的河滩树路旁树庄前庄后树已渐次成荫成材，野兔、野鸡不时出没于它们的新居乐园——丰草林间。山湾梯田早已用推土机合并了当年人工苦力修成的仅宽几步的狭窄梯田，农民耕地、播种、压膜、收割、打碾全能用机械操作，他们与传统的农民已不能同日而语。劳苦少而所获多，加之环境改善连年风调雨顺，衣丰食足。家乡农民习惯储存粮食，据我了解，大多住户储粮满仓。我的亲房侄儿说，三年无收成也饿不了肚子。扶贫的新住房白墙红瓦外形整齐美观，房顶地基均以钢筋水泥浇灌，足防七级地震，屋里吊顶装修沙发摆设一样也不差。20世纪七八十年代，谁家主房屋里有桌子的能有几个玻璃瓶摆在上面，就觉得很气派风光无限了。真是恍如隔世。

权家坪虽然占尽地利，河湾仅有的一眼甘泉，随着人口的增多也供不应求，尤其干旱之年发生水荒，人们天不亮就担上水桶去抢水，迟了就断供，那只能苦苦耐心等待了。下大力自家挖井，虽不是“十井九苦”，往往水质不好。其他各队吃水就更成问题了。水是生命之源。要农民脱贫，解决吃水问题确是当务之急。多年前有关部门在权家岔开始安装自来水管道，我还以为又是面子工程，走走形式，偏僻乡村哪能给你供应自来水，不过是浪费一大笔扶贫款而已。大前年清明回老家，家家通了自来水，听说水源还是泾源老龙潭，辅以附近有的水库，和城里一样都能正常供应。彻底解决了村民吃水问题。这是继20世纪80年代全村家家通电代替油灯照明和解决生产电力之后，政府惠及民生的又一项伟大工程。

以前村干部为了方便把全村户主的印章都收归自己管，现在实行对惠民惠农补贴“一卡通”管理工作，并进行严格有效的监督，雁过拔毛的黑洞基本堵塞，这也是党和政府爱民、为民办实事的有力举措。

总而言之，现在的权家岔，今非昔比，鸟枪换炮，已经是：车行硬化路，吃水有自来，照明早通电，房舍固而美，耕牛机械替，储粮满仓堆。看来党和政府是真心实意扶贫，真正为百姓谋福祉。

3

天翻地覆，家乡巨变。老家如期脱贫。随着八九十年代国家为尽早脱贫致富推行移民政策，计划移民和自行搬迁，权家岔已搬迁众多户口。仍住老家的年轻人春播之后，也多出外打工挣钱，上学成才的更是远走高飞，真正在家务农的已经很少，而大多留守的便是老年人。好多山地梯田无人耕种年年荒芜。看到权家岔不知谁发的一个视频，村委会请来外地戏班在戏楼唱大戏，可怜台下观众寥寥十几人，且基本是老年人。

一天我登上金龙山沿山脊梁行走，眺望全村，不见人影，下山时总算遇到一个上山放群羊的熟人，热情地聊了一会家常。经王大汊、堡子湾，过大堰东岸直到崖坡，一路上也仅遇到一个妇女赶着十余只羊在山坡放牧，但见政府扶贫修建的代价不菲质量很好的房子有多处房院门紧锁，人去房空，荒草满院。偶尔望见有老人在自家院里孤零零地搞家务或在园子里摆弄园地。全村静悄悄的，连狗吠的声音都没有，只有鸟儿清脆愉悦地鸣叫。爱吵爱闹爱跑爱玩的孩子们都到平峰镇或县城由家长陪读上学去了。权家岔因此也少了生气。只有在清明前后几天，本村村民上山上坟的，迁移外地的开着小车三三五五地回家扫墓的。车来车往，遇见乡亲，热情地下车大声招呼，依依寒暄，笑语喧喧；村干部遵行政府文件精神，驾车飞驰在环村硬化公路督查，高声提醒人们：文明扫墓，禁烧纸钱，严防火灾——为这时的权家岔，增添一种难得的氛围。

有次探访学校，前有铁将军把门，我转到后面学生平时上厕所出入的拐角小侧门进去。前后院经冬早已干枯的蒿草足有半人多高，我的到来，惊得野兔、野鸡乱窜乱飞；两排砖木结构的宽敞明亮的架子房教室，白墙已风雨剥落，窗子门上都织满了蜘蛛网丝，教室里土黄色桌凳高高垒起，上面落满了灰尘；第一排教室前方空地正对校门一根旗杆孤独地静静矗立着，失去了往日飘扬着五星红旗的猎猎风采。校园冷落而萧条。我在冷落而萧条的校园里踽踽踯躅，不无惆怅。权家岔学校是个完全小学，本村及周边村落生源非常丰富，家长都愿意就近送孩童上学。鼎盛时期学校的教师和校长都很有责任心，学生曾多达300有余。只要教学质量好，无论国家如何调整，也调整不到权家岔完小的头上，至少也可保留初小阶段，便于孩童就近启蒙。后来当学校师资、生源等各种因素都不尽如人意时，学校的下坡路就开始了。解放初我在王大汉庙嘴侧下很简陋的初小读书，那时只有一个老师（名叫南秀山，西吉将台人），一座土坯教室，却为当时学童后来的深造打下了良好的三年启蒙基础。一度权家岔人才济济，实在功不可没。

惆怅的不仅如此。回老家看不到众多亲人乡邻，听不到狗吠鸡叫，娃娃吵闹，情感被掏空了许多。而就这种留守老人居多的现状究竟还能维持多久？何时打工富裕有志者或上学深造有为之青年重返故地，振兴家园，紧跟实现第二个百年奋斗目标征程的步伐，和谐发展，更上层楼，让祖祖辈辈筚路蓝缕耕耘生活的权家岔再次人烟稠密，书声琅琅，狗吠鸡叫，生机盎然？！

（2019年10月）

静思反省

为了适应生存，夹起尾巴做人是有必要的。把自己塑造成绵羊式的人，这一点我在大学应该是做到了。

多年学校生活，我从没有和班干部发生过矛盾。班上布置干什么就去干什么，而且都干得十分认真，是典型的绵羊式的人。但也从没有过劳心费神刻意地去表现自己。只是干好自己的事，听话不惹事，这也是我几十年来始终平安无事的原因。

一生和领导发生矛盾的事有过两次。

大约1988年与1989年之交，隆德县教育局局长突然到我家谈话，县上打算升调我去沙塘中学任校长（我当时是隆德中学副校长），给我打招呼顺带征求意见，我以能力不足孩子正在读书有困难等理由婉言谢绝了。后来先后有县组织部部长、分管文教的副书记也找我谈话，我都以同样的理由婉言谢绝了。最后魏县长亲自找我在他的办公室谈话，坦诚地说明沙塘中学的重要地位，介绍学校当前存在的问题，希望我去整顿治理扭转局面，把学校办好。并给我列出三个优惠条件，其中许诺三年学校有了好转即调我回县城，可我铁了心地就是不松口，还是婉言谢绝。调任的事只好搁浅。不愿到任的原因，除了给领导讲的以外，我这人没多大志向，没什么奢求，一生平顺能当个好教师就挺好；还有个不敢说的理由是 1987 年当时的固原师范高等专科学校要我，都试讲过了，可恰逢全国中学教师首次评职称的事就暂停了，而心未死。

这一年正月，我到赵希达老师家去拜年，刚好碰见魏县长在。坐下喝酒时他笑着对我说，哎呀权老师，刘备三顾茅庐还请走了诸葛亮，我四次请你都没有请动啊。虽然是开玩笑的话，过后我越想越不是滋味。县长是一县的父母官，遇到问题让你承担解决，那也是对你的信任，还真把自己当成一根葱了呢！做事过了头，骂自己一句话就是"书生气十足，给面子不要面子"。我还担心魏县长对此耿耿于怀。

其实魏县长心胸宽广，根本没把这件事放在心上。后来我调到银川一中，他来银川出差时还抽空到我家里看我。魏县长潇洒倜傥，讲话好口才，一支笔了得，办事干脆利索，雷厉风行，开拓创新有大志。可惜因病早逝。

还有一件违扭领导的事发生在我调银川一中多年之后。这一年全国中学语文教学研究会召开第七届年会，宁夏中语会、区教研室决定派四名代表参加，我是其中之一。为这次会我用了一个月的时间准备论文，平时的语文课我也有计划地补课赶了进度。临到开会，去向校长请假，没想到校长却不准假，见我不高兴，又安慰说，以后有更好的机会就安排我去。我却深知作为一个语文教师能参加全国中学语文教学研究会年会的重要性，也是一次难得的学习见世面的机会。再三请求，校长就是不答应。没办法，我只好说这次会我一定要去，您不准假我也要去。最终我还是去参加了那次年会。

今天用文字写下这段经历也是深刻反省自己在生存环境宽松时一反常态的任性，并没有抱怨那位校长的意思，换位思考，校长有校长的理由和难处。

人在高压下固然压抑容易扭曲了自己的性格，而在宽松自由的环境中如忘记谨言慎行，也往往出格犯错。

夹起尾巴做人也可能适用于一生中任何情境。

（2020 年 11 月）

公交车见闻

2016 年 9 月 15 日上午我乘坐 102 公交车由兴庆区到金凤区。车行驶中，突听一声怒吼——“干什么！”这声音如雷贯耳。全车乘客的目光刷地聚焦在发出吼声的那个座位方向——那个座位方向刚好在我斜对面，发生的这一切尽收眼底。

之前，有一女一男两个老人中途上车，先后站在一个小伙子的座位旁，有要他让座的意思吧，小伙子就主动离开座位让了座。这时两个老人都争着去坐，结果老头子动作敏捷抢先坐上了。争座的短暂过程中，那个微胖矮小的老太婆推扯了老头子一把，于是就出现了刚才老头子的那一声怒吼。老太婆因自己未抢上座位反遭呵斥，心有不甘，于是发生了争吵。老太婆继续不屈不挠地争道：“这座位就该我坐！”已坐稳当的老头底气十足地继续吼道：“凭什么该你坐！”老太婆的争吵声显然盖不过那老头的高强度，但也不示弱，立马道：“我先来呀……”老太婆话还没说完老头竟呛了一句“你先来咋没坐上？”老太婆一时语塞……争吵声明显影响到司机正常开车了！司机阻止他们别吵了！

刚好这时后面一个座位上看上去六十左右的男士乘客给那老太婆让了座。一场座位之争的风波才算平息了。

乘客们似乎都松了口气。可我的汗颜还在继续，为我们已老了的人羞愧。我很少碰到在公交车上老人为争座位而吵架的事，尤其在全国宜居之城的银川市。近年来也听说过外地在公交车上老年人因座位打骂年轻人的事，更甚者还有老人在大街上跌倒被人扶救起来反诬扶救者为肇事者的。难怪社会上流行着一句“是人老变坏了，还是坏人变老了”的调侃，使我们这些老人无辜蒙羞！但我也仍不由想到眼前的这两位尤其那个身高马大底气十足衣冠楚楚的老头该属哪一种呢？你就不能“女士优先”一下吗？何况我的确看见是那个老太婆先一步到那个小伙子座位旁的。

我宁可骑自行车也不愿频繁地去坐公交车，不愿听刷卡时发出“敬老卡”的声音，尤其连续好几个“敬老卡”的报声使我那么尴尬！年轻人上班忙碌劳累一天，在座位上以各种不同的情况，各种不同的心态神情起来让座，老年人也应有所歉意说声谢谢才是。即使有时有些年轻人没有让座也应当能够理解。而那些因没让座而不满甚至打骂年轻乘客的事以及老人之间因争座位而吵架逞强的事，实在是令人不齿应当受到谴责的。

人老了，可不能倚老卖老，要老而自重老而自尊，老有涵养老有风度。多换位思考，老年人乘车最好避开上下班高峰期，给上班族们留下一个较宽松的乘车环境。

（2016 年 9 月）

由古人说话讲究艺术想起

古人说话确实是讲究艺术的，尤其劝谏君王，古典文学给后人留下了光辉的典范。大家所熟知的《邹忌讽齐王纳谏》一文，邹忌以自己的被各怀目的的妻妾亲戚朋友迷惑，讽喻齐王被迷惑更甚，使齐王幡然醒悟，广开言路虚心纳谏，齐国大治。“三年，诸侯皆朝于齐”；《触龙说赵太后》一文触龙以问候生活起居话拉家常的方式使正怒气冲冲的赵太后渐次入套，最后明白为儿女计深远的道理，终使爱子长安君担起“质于齐”的使命；《螳螂捕蝉》设置螳螂捕蝉，黄雀在后，弹丸又在其下的情境隐喻劝谏吴王，吴王从中感悟到自己如攻打楚国就和螳螂或黄雀的处境无异，于是取消了攻打楚国计划的精妙故事，更看出古人劝谏君王方式方法、语言艺术上的煞费苦心。现代人似乎缺少这种文气涵养。

不过我要说的是我们芸芸众生平时交往中的一言半语，有时也产生截然不同的效果，有道是“一句良言三冬暖，恶语伤人六月寒”。而教师对学生，医生对病人，更不可小觑。教师对于学生的言辞要求我在教育随笔中多有谈及，在此不述。而医生对于病人，我有几次深切的感受。

五六年前体检时我在医院作了肺部的 CT 检查，片子上似有很小的 2~3 厘米磨玻璃影，医生一边递片子一边关切温和地安慰我说：“您也不要过于紧张，到呼吸科再看看吧”。这位医生显然是出于好心，但一个“紧张“前面再加一个”“过于”的修饰，使我本来并不怎么紧张的心反倒感觉问题的严重性，像击了重重的一锤，尤其半夜醒来一想起医生安慰“不要过于紧张”的话，刷地一身冷汗便从全身冒出。呼吸科副主任医师拿起片子一看当即写条子给我介绍胸外科某主任，边递条子边轻松地对我说“一刀子切了就没事了”。但我明白她告诉我什么，我的心情更加沉重。大约一周时间沉浸在恐怖之中，白天还好办，通过活动转移注意力。到了晚上半夜一醒来，马上想起两个医生的话又是刷地一身冷汗。但我担心“一刀子切了”怕不是“就没事了”，而可能事更多。“一刀子”后免不了化疗，化疗后的副作用我心知肚明，我没听主任的话。多方打听，找到一个尤其擅长看肺病的中医专家，吃健脾胃的药，提高免疫力。由半年做 CT 到一年做 CT，那个“磨玻璃影”一直没有什么变化。后来一个胸外科专家对比看完我多年的 CT 片说，不是什么肿瘤，如果是，早都长多大了，还能五六年一直是这个样。他也不相信中药的作用。一场虚惊。但由于两位医生安慰的话和说得轻松的话，要不是找中医专家吃中药至少减轻了我心里的负担，就真能把我吓病甚而吓死。后来我也查过资料，有一种解释说，磨玻璃影有的可能是一些炎症性的改变，有的是过敏性的改变，有的是血管炎或者是炎症的激化带来的病形成的斑痕，有出血性的改变也可以是磨玻璃影等，情况种种，不一而足，不能见风就是雨。前面那两个医生看来诊断结论有些轻率，还有到底应该怎么表达才可以减轻我的心理压力呢，应该有更好的表达方式吧。

如果医生没有好声好气，言辞不友好地对待患者，可能引起医患矛盾纠纷。前两年我因打球扭伤了腰，到某院拍了核磁共振，骨科挂了一个副主任的号，等了两个多小时，他拿起片子一看，即递给我说回家休息，我赶忙问还需要有关治疗吗，因为他要看下一个病人，很忙，不耐烦地说不用。片中报告的有些术语我不大明白，还想问，看他已给下一个病人看病了，只好作罢。为使腰疼早一点好，我还是到社区医院中医科扎针理疗，一个多疗程基本痊愈。但是我对拍片报告的有些术语还是想弄个明白，又到医院专门挂了副主任的号，拿片子给他，指着报告请教“曲度存在我不清……”，话还没说完，他似乎记起了我，随即把片子扔在桌上说：“名词解释你去问语文老师！”边说边去看下一个病人。本为花钱费时请教却热脸贴到冷屁股，受如此无理冷遇，我气愤地站起来告诉他，我就是语文老师！并质问他，我是想问你“曲度存在”是正常还是不正常！我是专门花钱挂号等了两个多小时来问你，作为医生有你这种态度对待病人的吗！你什么医德！这时副主任也感到自己的话有问题吧，赶紧说“曲度存在正常，正常”。我本来产生了想拉他到院长室去评理的念头，但因看病人多，患者也在旁劝说，便忍气离开诊室。

过后我想，这问题只要自己查查资料就能搞清楚的，花钱花时讨气受，以后应引以为戒。我还想，如果我不是老头和我的性格而是一个身强力壮脾气暴躁的粗汉，副主任的医生结果会受何种“礼遇”呢？尊重患者就是尊重医生自己，何况医者本应是仁者。

医生的言语对患者很重要，而医生的所作所为就更关系重大了。十几年前，我女儿下班回家过十字街口时与车碰撞，撞伤了腿，送医院检查治疗，看完核磁共振片子，骨科主任的诊断结论是双膝盖半月板损坏，要手术替换。两个膝盖处做手术的范围线图都画好了，就等第二天进手术室了。我一向是相信医生的，也同意并准备签字。正在这时肇事司机打来电话说，手术费用多少都是保险公司承担，没一点问题，只是提醒我双膝盖替换手术还是要慎重，建议到多家医院请专家诊断后再决定不迟。司机的话一下子提醒了我，第二天开始便领着女儿拿着片子先到附属医院请骨科专家诊断，结论是右膝盖有点伤，疗养一段时间能够痊愈，可以不用替换手术。至于左膝盖看不出损伤，更无动手术的必要。一听说之前就诊医院主任医师也要给这左膝盖作替换手术时，顺口说了一句“胡来”！为了保险，我领女儿又到陆军医院骨科专家和自治区人民医院骨科专家问诊，三家医院骨科专家意见基本一致，所以果断放弃了手术。那位决定要做膝盖半月板替换手术的主任只好深表遗憾。十几年过去了，女儿左膝正常如初，右膝不要剧烈活动亦无问题。

（2017 年 7 月）

艰难困苦，玉汝于成

——读《上梁中学》随想

2019 年在云南香格里拉旅游，看到普达措国家森林公园公路两侧及山上的冷杉、云杉，高大挺拔，直插云天，非常震撼。据说这种树生长在高寒地区，在极端恶劣的环境条件下，每年仅生长一公分。想初始云杉、冷杉的幼苗经历无数劫难，生长成现在参天的栋梁之材，那得有多么顽强的生命力，坚韧不拔的意志和精神啊！由此我想到天山雪莲，它生长在海拔 3000 米以上的严酷环境中，一般植物根本无法存活，而雪莲却能顽强生长。由于环境的恶劣，雪莲从发芽到开花，历经时间竟长达五年之久。这期间雪莲的种子在 0 摄氏度发芽，幼苗竟能在零下二十摄氏度的低温下抵御寒冷而存活。它以难以想象的强劲生命力和毅力绵绵延续成就“千年雪莲”。唯其如此，终成正果。国宝级的奇花异草，当之无愧；稀有名贵的医用药材，名副其实。

极端严酷恶劣的环境，往往展现生命的强大力量，创造生命的奇迹。

莫非如此现象是浩渺神秘的大自然抑或造化给人类的启示吗？

其实类似这种现象在人类社会亦屡见不鲜。唐代黄蘖禅师的《上堂开示颂》“不经一番寒彻骨，怎得梅花扑鼻香”以及流传广泛的古语“梅花香自苦寒来”，就都是借梅花来提醒婉劝人们想要提升自己且拥有高尚品质、美好才华，就必须经过艰苦修炼、克服困难才能如愿；而成语“艰难困苦，玉汝于成”，更是直接鼓励人们在逆境中直面艰难困苦去取得成就，或热情褒赞在逆境中自强不息终获成功的名人大家等。因此它常常被读书人奉为励志的座右铭。

西海固自然资源匮乏，地瘠民贫，“苦甲天下”，先民们筚路蓝缕，世世代代在这十年九旱、靠天吃饭的土地上苦苦奋斗，繁衍生息。难能可贵的是他们在创造微薄物质财富以求生存的同时，不忘精神文明财富的追求。精神文明的种子在这片贫瘠干涸而又神奇的黄土丘陵之地，在艰难困苦的悠悠岁月里孕育——发芽——伸枝——吐叶，终于在祖国改革开放之后蓬勃兴起，长成精神文明的常青之树——成长壮大的西海固作家群，崛起繁荣的西海固文学，令读者乃至世人惊叹而振奋，文人大家刮目而青睐！再以西海固一员的隆德县为例，苦难中自古就重视办教育、兴文化，底蕴深厚，源远流长，历代不乏文人名流。改革开放后在县政府大力推动下，随着“中国书画之乡”“中国书法之乡”“中国文化先进县”的荣誉接踵而来，又进入一个崭新的光辉灿烂时期。

而在20世纪60年代末到20世纪70年代，山大沟深、闭塞落后贫困尤甚的隆德县上梁公社，创办上梁中学发展教育的感人事迹和成功业绩，更是可歌可泣：一是当时公社领导在人们温饱尚未解决、物质极其匮乏之时，独具慧眼、深谋远虑，为上梁子弟受教育学文化，排除万难、义无反顾，先后创办初、高中学校；二是上梁人民积极主动出材出力、自力更生建设学校的热情和干劲；三是外地老师以及本县老师远离优渥条件告别家庭亲人来到上梁中学，在极艰难的生活和极简陋的教学设备条件下，倾心教坛、鞠躬尽瘁的良知和奉献；四是淳朴憨厚的莘莘学子痴心求学，“悬梁刺股”“铁杵磨针”的精神和毅力。正是这几个方面的完美结合，使得上梁中学在35年峥嵘岁月里，为当地培养了近2000名合格的初、高中毕业生，数百名优秀学生陆续考入各级大中专院校，也还有在国外读博成专家的人中翘楚；正是这几方面的完美结合，锻造铸就了“上梁中学精神”。

《上梁中学》这本书的缘起、资料收集、编纂到成书，也正是上梁中学精神的延续和发扬。

2016年由固原中学原毕业生集体编写出版了感念20世纪五六十年代老师群体的书——《我们的老师——那些逝去的岁月》。由学生为他们母校的老师群体写书立传，在社会上引发了强烈反响。宁夏固原中学是一所有着120多年建校历史的学校，1963年就被确定为自治区重点中学。而仅有着35年历史的隆德县上梁山峁上一所规模极为有限的中学的学生们，在梁海老师的引领下竟然决定要为已经关闭撤校十几年的母校树碑立传。师生们组建的编写团队也竟然众志成城地迎难而上，群策群力践行这一宏愿。他们远路专程再登已成荒墟的故地，重温追忆感怀昔日同仁、老师，他们屡次或驱车或跋涉，拜访当事知情者，询问历届众校友，查阅档案，上下求索，多方收集，反复印证，务求资料真实；他们一边垫付、自筹资金，一边整理编撰文字，书写回忆华章，焚膏继晷，苦心经营，呕心沥血，历经数载，始有包括“小志”“回忆”和“花絮”三部分密切相关、全面详尽而又有创意的洋洋60万字的校史出版问世，此义举此成果令人钦敬。

有意思的是，这两本写老师和母校的书竟然都出自西海固，真是一件值得细细咀嚼的事。

上梁中学和《上梁中学》，应该是不可分的一个整体。上梁中学的人物故事也将因《上梁中学》的出版问世栩栩如生永驻时代的画卷，《上梁中学》绽放的“上梁中学精神”之花将在人们尤其后人心田里更加灿烂地盛开。假如没有《上梁中学》的问世，试问当今世上能有几人知道或了解一点点上梁中学？假如没有《上梁中学》的出版问世，早已关闭撤校的上梁中学就只存在师生的记忆里，随着岁月的流逝，恐怕也会渐渐淡去，而对于后人来说，上梁中学的人物故事犹如一粒灰尘也会被历史的长河湮没得无影无踪，遑论传承“精神”了。

上梁中学和《上梁中学》，就是普达措的云杉冷杉，就是天山的稀世奇花——雪莲。

谨以此文，表达敬意！

（2022 年 3 月）

诗歌四十首

风雨无阻到学校

——赞今日冒雨到校同学

大雨哗哗下不停，道路泥泞步难行。
步难行，心着急，不到学校怎能行！
家住金台张小芹，高坪队上周国仁，
边国彦，赵海燕，还有张铁马立明，
遵守纪律争上游，想起英雄邱少云。
何惧风大雨哗哗，风吹雨淋身板硬。
怎怕路途远又滑，摔摔打打练精神。
风雨无阻到学校，事情虽小意义深。
我劝同学齐抖擞，取长补短快前进。
温室花朵难成材，高山劲松坚且青。
笑迎风雨经锻炼，知难勇进攀高峰。
言语行动双兑现，携手共进学雷锋。

1970 年 4 月

联财中学回首

20世纪70年代我在联财初级中学任教。那时奉行勤工俭学，学校师生不时被劳动。所幸先后三任校长刘世庆、陈西仓、齐英才君宽容大度灵活，劳动之余，十分重视教学，教学质量在全县名列前茅，也给我的提高成长提供了良好的环境和条件，为后来胜任高中语文教学作了好的铺垫。至今念念不忘那段经历。

峡口运石蒸汗雨，北山拉土气如虹。
秋收苞谷传喧笑，膝促田头讲稼耕。
授课潜心无诲倦，求知学子有痴诚。
难忘渝河漫洪时，背背手挽送凤龙。

2021年9月

牵挂

调离隆德中学，仍魂牵梦绕，遂记。

来时韶华上杏坛，别去难舍鬓染霜。
梦魂屡飞六盘下，山月迎我进课堂。

1995年8月

银川一中百年校庆感怀

叶茂花繁硕果香，春光秋色溢林园。
学堂百岁先贤路，薪火一中后继传。
尽瘁只知桃李艳，鞠躬哪敢瞬间闲！
开来进取齐发奋，青史杏坛续巨篇。

——1906年（光绪三十二年），宁夏知府赵维熙吴复安等名儒先贤创办宁夏府中学堂，银川一中正式诞生，是为宁夏新式中等教育之始。

2006年3月

固原一中一百二十周年校庆感怀（二首）

一

开创五原传世业，沧桑几历早成名。
梧桐枝展期金凤，才俊相争聚固中。
四海良才桃李艳，三春甘露润泽情。
东风又借乔迁喜，展翅举鹏万里程。

——固原一中始建于1891年，始称“五原书院”。

二

五里山坡种土豆，菜瓜补助度年荒。
垦殖黄峁同发奋，拼力举锄挥汗忙。
学饱胃空勤教授，挑灯苦练忘饥肠。
请君查看当年考，山谷飞出众凤凰。

——20世纪60年代初经济困难时期固原一中师生在黄峁山开荒种地以共度时艰。

——固原中学63级当年17人参加高考，7人为大学本科（2人名校）录取，2人大专，多名中专录取。

2011年9月

观隆德县书画展

1996年秋于银川观隆德县书画展暨隆德县继1991年被文化部授予中国民间百二画乡之后，今又被中书协（中国书法家协会）授予中国书法之乡，感佩钦慕，情难自禁，拙笔赞之。

羊牧隆城文墨盛，频频精品展雅堂。
丹青神韵渊源远，翰墨香浓流脉长。
学子承传麟管秀，农夫挥写凤龙翔。
创新开拓结丰果，县列中国书画乡。

1996年10月

欣赏《齐英才诗文集萃》感言

诗词曲赋祖前贤，体势修辞浸古风。
年少读经寒夜伴，鬓斑挥翰暑天耕。
隆城久远兴文墨，山脉绵延耸峻峰。
传世华章扬国粹，磨针铁杵到功成。

2019 年 8 月

——2022 年 3 月 29 日联合国教科文组织授予齐英才先生联合国杰出艺术家勋章、获联合国教科文终身成就奖等殊荣。

附齐英才诗二首

酬权老师

情系隆邑，德晖陇干。
载道载誉，桃李弥园。
诗章熠彩，追忆华年。
盛世回首，感慨万千。

（回观书展）

艰辛履尽，盛世莅临。
吾生有幸，同至而今。
愿与仁兄，闻道裕终。
三届曰老，老贵知心。

2019 年 9 月

奥运开幕梦圆北京（二首）

其一

空巷万人迎奥运，幕开祥瑞喜洋洋。
英豪方可逐鹿去，羸弱安能有国强。
健将洗刷病夫耻，雄狮驰骋竞技场。
寰球刮目观赤县，华夏振兴运鸿昌。

其二

神州百年求圆梦，身手展示竞技场。
壮志霄汉期揽月，健儿体坛誓图强。
扬眉顾观荆棘路，吐气牢记屈辱伤。
为借奥运掀热浪，全民健身谱新章。

2008 年 8 月

观径赛长跑、短跑及跳栏（仄韵）

径赛逐鹿鏖战激，气如长河势如岳。
辽阔原上骏马奔，大江流里飞舟过。
壮士弯腰神箭发，疾风驰空闪电掣。
顽强矫健善拼搏，奥运精神播史册。

2008 年 8 月

赠台球活动室老年朋友

小小球台趣蕴深，双方鏖战气氛浓。
持杆在手毋心躁，临阵聚精应神凝。
守备设防凭擘画，冲突攻取看击功。
输赢战罢相谈笑，归退结缘乐臆中。

2010 年 10 月

宁夏大学中文系 67 级毕业 50 周年聚会

宁大 67 级毕业推迟一年后，又被送宁夏军区农场接受再教育，1970 年暮春才得以分配工作各奔前程。今日中文系 67 级毕业五十周年聚会，感慨万千，集言以记。

料峭别时春意冷，难得聚会晚秋凉。
龙钟老态皆霜鬓，感慨相携合影忙。
把酒放歌说往事，座谈情动话沧桑。
年华似水难留住，友谊同窗百世长。

2017 年 9 月

加权氏宗亲寻根群感怀

少小常听槐树事，细寻祖迹却茫然。
山庄偏僻音书断，霜雨雪风道路难。
紫气东来天地庆，网联世界瞬间传。
建群权氏连权姓，权姓中华同一源。

权氏如同九曲河，权国破灭后人繁。
千年不匮出梁栋，百世流芳有俊贤。
述绩颂德思惠荫，寻根追远考移迁。
宗亲踊跃齐发奋，绘绣承传续巨篇。

——权国是上古时一小诸侯国，国境在今湖北境内邻近楚国，权国灭亡后原国中权氏被遣散外地。

2018 年 12 月

归老抒怀

杏坛敬业卅余载，似水年华两鬓斑。
传授总觉千卷少，切磋却愿百重繁。
痴心学子成梁栋，春雨春晖浴圃园。
今日桃红李果艳，别坛归退乐陶然。

2004 年 3 月

清明抒怀

去岁探亲，异域至今。明日清明，夜思绵绵，辗转反侧，特作此诗。

三月初一清明日，忆亲追祖强入眠。
客居异域路遥远，魂越关山跪墓前。
枯草微风春意冷，檀香缭绕思联翩。
生前未尽寸心侍，逝去常怀总怅然。

2019 年 4 月

题槐香阁

2005 年槐花盛开时，应邀到某同学家做客，到画室槐香阁（因其窗前有国槐树而名）赏槐，遂作。

槐香阁里赏国槐，万朵黄白灿烂开。
冉绕浮香舒肺腑，淡洁清素扫尘埃。
忧思几许随之去，情趣十分自此来。
主雅阁宜修养静，调丹弄墨写胸怀。

2005 年 5 月

梦

昨夜君入梦，绰绰复隐隐。
地头喜面对，欣欣说军农。
土坯传初识，出工共劳辛。
抖擞麦田耘，挥锄不让人。
同车运土粪，勠力共前奔。
夜晚同编报，白日耕作勤。
苦中幸存乐，永结战友情。
白驹过户隙，逝之难再临。
别后几十载，青丝霜染鬓。
感慨嘱珍重，渠水潺流声。
倏忽君别离，欲送伴远程。
君行轻且速，缥缈难追寻。
岔口久久立，怅然了无踪。

2021 年 7 月

写给赵希达老师

犹记当年君落魄，春寒料峭贬为农。
杏坛起用才华显，归退记游趣味浓。
别离路遥音讯断，谈心膝促梦中逢。
世间知己惜稀有，赵老品格最耿诚。

2016 年 9 月

寿星赞

2017 年 8 月 24 日老寿星贺校长八十华诞，隆德学子备筵相庆。寿星宽厚仁爱，恭谨辛劳，毕生奉献教育事业。感寿筵之热烈，集五言而赞之。

巍巍六盘峰，莲池观泉清。
学子得父爱，同事感兄诚。
时时勤耕作，孜孜沐春风。
敬业四十载，赞君杏坛功。
今朝秋烂漫，桃李遍寰中。

2017 年 8 月

赞执钧五爸

悬壶济世四十年，妙手回春非等闲。
静宁西隆皆受益，治病救人知几千？
卑贱穷困待如亲，垫资时还助盘缠。
家中往往成病房，供住常常兼供餐。
仁慈亲和有大爱，古道热肠谁可攀？
东山巍巍西河长，德医双馨口碑传。

——“西、隆”指西吉县、隆德县。

2015 年 12 月

为振华长兄而作 兼怀振邦诸故兄

本有园丁志，不乏育人才。
华年登杏坛，如鱼跃阔海。
教授文史数，兼代音体美。
雨露艳桃李，有口皆是碑。
离坛下农耕，运兮交华盖。
前程不可测，霜降雪霏霏。

坎坷十几载，怀玉志不衰。
梦里常授课，魂同学子在。
歌声读书声，园丁情如醉。
梦醒空嗟叹，上工广播催。
匆匆耘田去，蹒跚荷锄归。
偶尔作文祭，余墨乡邻为。
陋室无存粮，糠菜半年代。
儿女升学难，怅望校门外。

苍茫见晨曦，乍然听惊雷。
神州地气暖，春意盎然来。
新陈有代谢，改革国门开。
分产承包户，苦尽甘即随。

无意享清闲，丹青写腊梅。
松竹亦所爱，思绪遐迩飞。
长河一叶舟，惊涛骇浪摧。
高寿近期颐，沧桑话感慨。
热肠观巨变，冷眼世风坠。
族人多迁散，亲情驻胸怀。
平生趣性高，心曲诉说谁？
吾侪剩无几，身老神憔悴。
兴家并报国，寄语子孙辈。

2021 年 1 月

中秋品月（二首）

一

爱对中秋玉人面，谁送玉面上碧天？
高邈寂寥长孤独，却照人间好团圆。

二

蓝作底色星隐稀，面自皎洁气自清。
巡天阅尽悲欢事，悬空照出黑夜明。
金黄和谐沁肺腑，圆满如盘惠生民。
千古明月天下仰，对此谁能不生情！

2015 年 9 月

游阅海公园

阅海公园，水域无际，芦墙曲幽，一折一景，水清境静，鸟禽不惊，身处其中，心旷神怡，欣然题记。

游艇蛇行入游廊，屏风翠绿映碧天。
野鸭自在湖里戏，群鸟逍遥苇上旋。
细浪无风鱼水乐，白鹭有意岸堤观。
更有钓者倚舟坐，手把鱼竿融自然。

2007 年 6 月

夏日骑车游德馨及凤凰公园

垂柳弄清涟，乔杨夹道迎。
绿茵花绣艳，杂树翠叠荣。
车行送风爽，景美催鸟鸣。
西湖何必羡，塞上更宜人。

2015 年 7 月

游园见有妇采摘玫瑰不快

公园有玫瑰，花艳处处香。
园丁勤栽培，只待客游赏。
一妇采掇急，花瓣塞皮囊。
方开朵已残，窃己太荒唐。

2015 年 7 月

火车上观秦岭

李白曾写蜀道难，山崇岭峻势不凡。
万马奔腾雾笼纱，屏障厚重亦绵绵。
人生何必问短长，千年竟作一瞬间。
苍天不变地难老，人间沧桑世事迁。

2016 年 9 月

步登琅琊台

崖壑绿树竞，山峦凹字排。
云梯有胜景，层层苦役泪。
台顶试观龙，苍山连沧海。
始皇望瀛洲，徐福献长策。
群雕形神肖，古韵扑面来。
步登琅琊台，从容不觉累。
凉风徐徐拂，舒心入胸怀。
笑问驱车者，何如余自在。

2016 年 9 月

黄岛海湾游

初吸屏气久嗅适，海风吹来带味腥。
芳草碧树缀花艳，曲岸楼观入画中。
潮来澎湃冲岸激，潮去寂然处子静。
游人悠闲多信步，湿热天气沐爽风。

2016 年 9 月

朝游道教圣地青城山（前山）

群峰环列拥青城，青城山幽天下冠。
登山盘路上翠微，丹石曲径画天然。
沟壑谷涧皆披绿，叠嶂着装复层峦。
林木葱茏无边际，莽莽林海始何年？
遥望林海云雾笼，近观云雾浮林间。
林木深处子规啼，瀑水清流脚下喘。
氤氲湿气散草香，温温润润沁心田。
掷笔槽旁怯驻足，画山裂岩说魔幻。
依岩凿石代飞桥，石栈相通心胆寒。
丹梯陡峭升千级，攀登步艰下目眩。
忽如天镜落山坳，惊到青城月湖前。
何来青城月湖澈？活水源头老霄巅。
月湖边上映月廊，松声竹韵品茶园。
栈道林荫涵野趣，山色山姿倒湖天。
境比桃源胜三分，桃源还缺月湖伴。
月湖为我我为山，陶然忘却尘世喧！

青城风光述难尽，点睛之笔在宫观。
宫观数十遍山中，古木苍翠相映掩。
阁殿随势巧造型，灵秀奇奥幽雄险。

神合烘托风水地，天人一体法自然。
仙馆静寂香火旺，道观肃穆明灯燃。
游人如织怀虔诚，信徒膜拜许心愿。
大道清虚还无为，世人难舍名利贪。
洞天福地神仙府，骚人辞颂墨客赞。
或尔私欲烦恼身，清气化净归澹然？

——2019 年 12 月 15 日徒步三万三千步，朝游道教圣地青城山前山，时年七十六岁。

——青城山得名，有一说因其阴阳三十六峰，环状排列，林木葱茏，宛如一座绿色城廓，故名。

——登山弯道中有一处惊世奇观掷笔槽，传说张天师为民除害，执笔用法力画山，断裂两岩为槽，以震慑魔王。裂槽从岩顶直达山脚，深约 70 米，宽约 18 米，下临深谷。古人以木飞架其间，后依岩凿壁成栈道。

——月城湖坐落在丈人峰和青龙岗之间，因丈人峰下月城山得名。湖水来自青城山主峰海拔 1260 米的老霄顶。

——2019 年 12 日 20 日于成都郫县（现郫都区）安德镇天府上河居。

再游青城山后山五龙沟

2020 年 1 月 8 日乘车回银，今天决定赶空去游青城山后山。连续几天天阴欲雨，不免几分遗憾，谁叫四川“天无三日晴”呢！可到车站站台一看，一轮朝日竟从东方升起，一时晴空万里，心中欣喜。

两到青城游名山，上苍助兴开晴天。
后山自然更风光，风光还须龙沟览。
古说五龙隐沟中，五龙沟名始相传。
瀑布频频回声响，乱石激水下冲前。
两崖处处汇细流，树根挤出裂缝岩。
陡壁斜倾猫腰过，低首侧身岩罅间。
石梯石栈伴悬桥，上下左右相勾连。
巨石为柱崖为依，桥悬飞瀑与寒潭。
溪光日影天一线，壁岩赭青亦斑斓。
崖上绿翠白纱饰，轻扫阳光消山岚。
幸遇彩虹谷空舞，景趣怡神似化仙！
忽见寒泉凌空泻，怪乳垂瘿心生寒。
石湿栈窄滑多变，步步惊惧步步艰。
五龙沟长二十里，郁郁浓荫廊天然。
绝地佳境藏沟谷，幽狭蜿蜒峭奇险！

——五龙沟最早叫蛮河，古传有五神龙隐沟中，遂得名。

2020 年 1 月

游都江堰熊猫馆

谷秀竹林杂树色，濛濛翠绿水流声。
温温润润舒肤体，呖呖啾啾悦鸟鸣。
为访明星寻故里，终临馆墅戏“呆萌”。
“呆萌”逗引游人醉，友谊联结有大功。

——熊猫谷入口前，一巨石书刻“熊猫谷”三个红色大字，一石书刻“熊猫故里”四个红色大字。

——呆萌，憨态可爱。有人戏称熊猫为呆萌，有昵称之意。

2020 年 1 月

晨步唐徕渠畔兼咏垂柳等

“战疫”初见成效，解封，晨步唐徕渠道，如鸟出笼，豁然开朗。微风拂面，垂柳摇曳，清流潺湲，春光满目，清爽袭来，遂记。

唐徕渠畔多垂柳，数里双排妆镜台。
流水依依催绿翠，东风煦煦入胸怀。
繁花芳草相争映，倒影柔枝鸟悦飞。
余亦驻足感景韵，晨光紫气自东来。

2020 年 3 月

游固原须弥山石窟

乘坐昔日隆德联财中学学生张世康车去隆德、静宁，经固原到须弥山石窟一游，遂作。

原州潘西路，北垂位六盘。
关山峙峡谷，险壑耸奇观。
须弥开莲花，八峰缀其瓣。
沧桑十几世，历劫度狂澜。
古为丝绸道，今成名胜览。
石窟一百六，附势七崖面。

鸿沟桥阶连，悬梯知几千？
一登一仰首，直上青云端。
雕塑精古朴，端庄好容颜。
栩栩各如生，形肖神毕现。
回瞰湖库处，顺峡随岸延。
源头活水丰，周边滋润远。
众生受恩惠，德泽施人间。
岂非造化功，抑或佛法然？

2021 年 8 月

悼念李树俨同学

李树俨同学，敏而好学，才富志远；从教三十几载，传道授业，鞠躬尽瘁。惊闻病逝他乡，哀而悼之。

仲夏尚觉热气寒，惊闻噩耗自韶关。
鞠躬授业勤传道，废寝教研重立言。
苍天有心收隽秀，同窗衔痛少君颜。
星光惨淡思无绪，草木无神花不眠。

2007 年 7 月

悼三兄振国

2010年9月18日，三兄振国，病情恶化，救治无效，去世。余正在沪，安葬短促，不及回银送行祭奠，写诗悼之。

时世清方好，园田果实繁。
惊忽闻噩耗，秋风落叶旋。
悲痛肠九转，辗转难成眠。
自小务农事，艰难耐苦寒。
前路何崎岖，茫茫雪满山。
冬去临春暖，鸡鸣报晓天。
耕者返其地，穷家农具添。
庄稼好把式，披星戴月干。
积肥精耕作，再苦也甘甜。
春种握锄犁，晨光照禾田。
收获自作主，秋夏欣开镰。
分产承包后，数岁粮仓满。
胸中少奢求，劳碌更节俭。
唯思奔小康，兴业驻心间。
儿孙喜满堂，富裕近眼前。
本该享后福，谁知永无缘。
瞑目万事空，释怀离人寰。

哭兄一路好，哀余形影单。
诗成遥奠祭，窗外雨凄然。

2010 年 9 月

悼陆元生同学

元生同学于公元 2021 年 1 月 5 日下午四点病逝，9 日上午安葬于莲花山陵园公墓观音阁下。

乔国柱、何炳业及余代中文系 67 级同学健在者前往吊唁送行。临境感伤，记而悼之。

才在梦中侃大山，忽闻噩耗自君庄。
华年幸遇共甘苦，白首相逢互问忙。
编导唱弹才艺异，信诚坦荡义深长。
杏坛耕作退归后，倾心谱写枸杞乡。
采风足迹遍村镇，余热献出显辉煌。
驾鹤哭君今逝去，音容宛在隔阴阳。
放歌演奏成梦境，把酒言欢又何方？
俯首凄凄祭挚友，寒风瑟瑟陵松苍。

2021 年 1 月

悼念“杂交水稻之父”袁院士

人世饥荒谁助解？杂交水稻“父”隆平。
“乘凉”已遂粮仓满，“覆盖”初施愿景宏。
浩浩功德泽万代，悠悠天地降神农。
长眠却道归仙去，雨泣风悲哀鸟鸣。

——作为"杂交水稻之父"，袁公生前有两梦，一曰“禾下乘凉”，二曰“覆盖全球”。

2021 年 6 月

舅父薛（讳）冠英遗诗

舅父薛（讳）冠英（1902—1960），宁夏西吉县平峰镇薛家中庄人也。民国甘肃省第七师范学校首届毕业，即创建西吉县平峰镇小学，并任校长，后又调新营学校任职。曾为西吉县参议，县志有其名迹。1947 年左右辞职离任，回家赋闲。1960 年 8 月去世。

小时眼中的舅父身体修长，面容清癯，长须飘逸，彬彬斯文。

平生谦恭谨慎，与人为善；不喜结交，不懂农事，唯书是好，爱不释手；又以文房四宝为友，潜心揣摩研练书法，铁画银钩，遐迩闻名。

读初中时，舅父赐余手迹诗作四首。六十多年过去，墨宝早已丢失，所欣遗诗内容犹不敢忘怀，今记录于兹，以志纪念。

卯有金人动刀兵，沙漠无水取宋城。
半立江南可耻羞，奇才岳飞拒女真。

吉祥只在几月中，因果心田两不分。
三人会聚十字路，五项原则倡和平。

午夜出头望黎明，八家井田共与耕。
百战浴血乾坤转，二人直心济世功。

一十七国会灵潼，泗水设教幸有成。
瞳瞳旭日照林木，紫气东来四海明。

2022 年 2 月

旅游散记

黄岛海湾月夜游

黄岛月夜海湾散步。

海月悬空，繁星全隐，海湾周岸万灯璀璨，使夜晚的海，波光粼粼。海天近乎一色，不过碧空的颜色稍淡，海面却愈远愈深，直至目穷。真正的皓月当空，营造出一个美丽宁静深邃而立体的海湾世界。

岸边公园人虽不是如潮如织，却也望去满眼是人。

有悠闲地散步观海的中老年人，享受海腥的淡味，沐浴海风的清爽，欣赏海湾的夜景。

有踩着欢快的音乐节奏跳健身操的妇女们，健身操动作娴熟优美，柔中带刚，个个神怡荡漾，入境如醉。有几个男人跟随其队伍之后也煞有介事地跳着扭着，机械地踏步摆臂扭腰，总觉怪怪的，不协调，有点东施效颦的味道，但它并没有丝毫减弱海湾夜景的美，反倒更增添了些许别样的幽默感。

有一家家大人带着孩子游玩的，趣态万千、其乐融融、尽享天伦亲情；有摆小摊出售小玩意的，吆喝之声不断，吸引了三五年轻人看货砍价。

更有对对情侣，或牵手挽臂说笑漫步的，或相拥搂肩窃窃私语亲密的……呵呵！我都有点不好意思。忙转身抬头望满月，月里嫦娥笑盈盈，似乎有点嫉妒地望着这海湾月夜尽情享受如画美景的人们，急忙拿出手机，拍下她此刻表情复杂的姣美容颜。不知怎么这时脑海里突然冒出古人的一句诗来："嫦娥应悔偷灵药，碧海青天夜夜心。"

海湾的月夜真美!

（2013 年秋）

隆德游随笔

东麓山坡，随势美妆，层坝蓄水，数镜串嵌。天朗气清，景树星罗，芳草遍野，山花开颜。杨家店六盘人家民俗文化村，即在盘山西麓，锦绣园间。“红色”与绿色相映，民俗和休闲融合。这是宁夏回族自治区首批“三星级农家乐”。

北象山隔清流而与隆德城相守。因其似象，故称其名。山势峻峭，草木丛生。“好水川之战”，赫赫有名，即在山北，古战场峰巅可望。

南凤山与隆德城紧邻。林木秀兮峰青，甘渭清而凉澈。雄踞耸立，沟壑心惊，地势多变，迤逦绵延，形如凤凰，展翅欲翔。

东南小龟山俗称堡子山，突出西向，镶嵌点缀象、凤之间。距城东里许，龟山山脚有龙王祠，据传小龟山下有一池，雅名“莲花”。昔日池围十亩，水深七尺。荷花盛开时节，垂柳婆娑，倒影依依，山青水绿，鸟语花香，景美如幻。龟山西段北走近一里——城中竟有泉两眼，一大一小，相距百米，各称名曰“大观”“小观”。池、泉之水，甘甜清冽，可造佳酿醇酒，玉液琼浆；车拉人担，曾为隆德中学师生、城内干部居民，饮水珍贵之源泉，惠泽一方。惜其后水位下降，或自行消失或压管改道，莲花池亦不见本来貌容。县城改建扩建之时，观泉所在之地便尊其名为“观泉街”，表达城里人饮水思源殷殷之深情，不忘观泉硕硕养育之恩德。

北象山、南凤山、小龟山，寓含吉祥寿长。

东镇巍巍六盘，三山拱卫，天然屏障，隆德城真形胜之地也！

城北国道高速去西宁、走兰州，数小时即可到达。县级公路如网，盘旋如龙，通向乡镇村庄。

南北两水，潺湲绕城，淙淙西汇，注入水库。三里店今非昔比，真当刮目相看。库水清明，周边绿野，青山耸翠，倒影树摇，库中游艇，游廊曲回，供居民水上休闲，旅客游览。

古柳公园，别具一格，径曲园秀而风景异。左公植柳犹在，枝干遒劲，风雨沧桑。

名山胜水，灵气会聚，地灵而人杰。

隆德书院，街巷书斋，名家墨宝丹青，今人书画佳作。隽秀辈出，人才济济，文墨之盛，源远流长！中国书画之乡，中国书法之乡，中国文化先进县，荣誉接踵，名至而实归！

街道井井通达，高楼栉比鳞次；商铺繁华，行人自适。政通而人和！

广场晨练，音乐悠扬，舞姿婆娑；太极拳，太极剑，柔中带刚，行云流水。

林荫深处，园林路上，不时传来盈盈笑语；大食之府，小吃之店，往往微风送香。眼福耳福口福，幸福流淌。

正值炎夏，竟凉风习习，亦滋亦润，酥人肌肤。秀丽隆城，尘埃不染，沁人肺腑！——能使郁懑者气爽，可让沮丧者怡神！真避暑游览休闲绝佳之胜地也！

亲历自见，管中窥豹，其余城外几大景观，更是美不胜收。

城东有国家森林公园，六盘高峰，伟人诗篇，八十多年前，响彻云天，至今犹音韵震撼！红军长征纪念馆，传递革命传统文化，文人墨客已百千称颂，笔不再撰。

城北近四十里，九龙北联池。据传人文始祖，伏羲孕生圣地。环山一潭，九峰围绕，清明澈净，犹如天外飞镜，“涵宇宙之精华，吸山川之琼浆”。九峰形似九龙聚首，会饮其间，神秘莫测。兼之庙宇落座，更引游人遐想。

城南十五里，有清凉寺。名胜颇多——笔架山，洗墨池，笑佛山，情人谷，香炉峰，青龙瀑布流，游人尽可畅想游；老君卧牛台，老君牛卧姿雍容；成吉思汗点将台，点将气吞山河；关公饮马泉，赤兔马英姿飒爽；更有李自成，在此指挥攻城，勃勃雄心；红军长征，于斯会议筹划军机，坚定自信！

清凉古寺，名副其实，其下有涓涓细流，盛夏亦清凉有余。生态环境优美，动植物种类繁多，寺庙道观群集，佛道兼融，一派肃穆祥和景象！

（2018 年 8 月）

云南游记

云南多名山大川、丽水峻岭，是我国著名的旅游风景胜地，心向往之。从 2019 年 12 月 25 日到昆明，2020 年 1 月 2 日离开，一周多时间先后游览了西山滇池、云南民族村、九乡、石林、狮子山、松赞林寺、普达措国家森林公园、三塔寺等旅游景区，攀登大小山岭七座。天天登山看水，也意外收获了山水间古老凄美的故事传说。早出迟归，晚上记下见闻感想，古稀之年，不觉劳累，除了身体尚可，全靠精神兴趣。

云南民族村巧妙搭配勾连的湖水小桥，满眼的景树名花、纵横溪流，各具特色不同民族的庭院房舍、陈设及劳作工具、民族习俗……如仙境似桃源。半天之内，在民族村中我感受了众多不同民族风情。松赞林寺坐落在一山高地平台上，登上数百陡阶才能到达，寺貌宏伟壮观、金碧辉煌，殿堂周围壁画生动、神光异彩的佛教人物故事，众佛祖罗汉塑像栩栩如生，反映了我国当时佛教艺术的完美境界。三塔寺从山高处望海楼俯瞰，各种殿堂依山抱势向山坡下坐落，直到三塔，尽收眼底。雨铜观音殿关于铜雨的传说和极大钟（鼓楼）

铸造的资料介绍，其历史的悠久与厚重，都使人难忘。

西山、滇池

西山在昆明市西郊5千米处。上西山要坐两次索道，第二次下索道再登山顶还要三五百米，前左上方有山石阶梯，陡峭几折，我一鼓作气登上顶峰。俯瞰滇池如镜。回望峰峦连绵、巍峨雄壮，森林茂密、花草繁盛，雾浮云漫，鹤飞鸟鸣，不少人文景观，掩映在清幽绮丽绿丛之中。古代就有“滇中第一佳境”之美誉。相传古时有凤凰来临，见者不识，呼为碧鸡，故也称碧鸡山。又因形状像卧佛，也叫卧佛山。峰顶有亭，更有徐霞客登山纪念碑。这位古代旅行家、地理学家、文学家，高中语文课本有他的选文，站在纪念碑前感到似曾相识，格外亲切，思绪联翩。徐霞客名弘祖，号霞客，江苏江阴人。幼年好学，博览群书，尤钟情于地理图志，少年即立下“丈夫当朝碧海而暮苍梧”的旅行大志。他历经30年旅行考察，足迹踏遍祖国大半个河山，著成了60万字的地理名著千古流传。一部《徐霞客游记》既是地理学上的文献，又是笔法精湛的游记文学，有人赞它是“世间真文字，大文字，奇文字”，世称他“千古奇人”。徐霞客足登西山是在1683年，两年后的正月，终因“两足俱废”才终止旅行乘船而归。据说有探望他的官员见他如此心力交瘁，感叹“何苦来哉！”徐霞客则回答道：“张骞凿空，未睹昆明；唐玄奘、元耶律楚材衔人主之命，乃得西游，吾以布衣，孤筇双履，穷沙河，上昆仑，历西域，题名绝国，与三人而为四，死不恨矣。”其志向，其精神，其功绩，高山仰止！

在西山太华寺与三清阁之间的一片绿坡上，在柏树森森的绿树丛林中，坐落着中国著名的作曲家聂耳的墓园。墓碑上镌刻着郭沫若手书“人民音乐家聂耳之墓”，墓碑正前平放着一个鲜花编制的厚实的大花圈，墓周摆放着一盆盆小柏树，翠翠地拱卫着坟墓。我伫立在聂耳墓前静默，耳边似乎响起他的著名曲作《义勇军进行曲》激昂奋进的旋律，似乎听到在祖国危难存亡关头他以乐曲的形式向同胞吹响的战斗号角。瞻仰的人群络绎不绝，这里已是全国青少年爱国主义教育基地。人民音乐家聂耳永远活在人民心中。

坐在下山索道缆车上，犹如在绿色的海上沉浮，“船”身很稳，出波入波身随“船”升降。时而滑翔在绿波之中，时而漂浮在绿波之上，突然又下坠几近绿波之底，还未反应过来又缓缓上升至绿波之上，尽情享受了升降滑翔的感觉。

过滇池又要坐缆车，身体悬空滑翔经过滇池上空，群山环抱，水域壮阔浩渺，不由你不心旷神怡。忘记是哪位诗人的两句诗“倒影群峰来镜里，雄吞六河入胸中”，描绘的就是滇池。滇池周围群山有十多条水流注入滇池，灌溉周边万亩良田。滇池还有许多版本的古代民间传说，大同小异，我更喜欢其中这一版本，传说一位公主私奔到西山与一英俊小伙相恋，结婚成家，幸福美满，后来小伙被害，公主悲痛欲绝，哭干眼泪，气绝身倒而亡。公主的眼泪化而成湖，就是滇池，倒地的身体化而为山，即是西山。西山风景秀丽，远看像个睡美人，当地也有人爱称西山美人山的。至今当地有“三月三，耍西山”的风俗，靓女俊男踏青相识、相恋，大概就是由这个美丽又悲惨的传说演绎而来的情人节。古人奇思妙想的丰富，绝不亚于今人。

下山过滇池后，顺便去位于滇池东畔的海埂公园。海埂公园是滇池主要风景游览区。我走在沿湖橙黄色的人行道上，绿树婆娑步步遮阴，环境清新优美舒适，沿湖岸边人们在偌大公园里悠闲信步，兴致勃勃地观赏滇池美景，我游览西山大半天的疲劳消失了许多。尤其看到海上曲回游廊不少游人喂食撒食逗引海鸥，海鸥络绎不绝奋不顾身拼命抢夺人们手中伸出或撒出的食物，海鸥高亢地呼叫，游人尽情地欢笑，叫声、笑声跟滇池水一样柔软。有些海鸥在人们得意欢笑声中不知是吃饱了肚子还是跟人玩腻了，便不再理会人们的逗引，我行我素地飞到了它们的乐园——滇池中去浮水嬉游去了。而海鸥浮游的不远处随着快艇上的游人不断向后上方抛撒食物，惹得一群群海鸥飞逐快艇争食。人们和海鸥和谐共处的氛围感染了我，顿时来了精神，也快步走上游廊，请人抢拍了海鸥飞向我手中伸出的食物、相互争吃的镜头。此时的我，开心得就像个正在贪玩的孩子。

不错，人是万物之灵。但大自然是大自然的，是大自然每一物类成员的，它是人类美好的家园，也是飞禽走兽、花草树木万物的乐园、沃土，应当善待它们。人们如果都能有像眼前对待海鸥那样的心态，平等、友好、热情对待自然万物，世界会变得更加和谐美好，人类自己也会因此而生活得更好。

（2019 年 12 月 25 日）

石林、九乡

云南俗语有“地上看石林，地下游九乡”之说。九乡风景区、国家地质公园坐落在昆明市宜良县九乡彝族回族乡。境内有大、小上百座溶洞，被称作溶洞之乡，举世闻名。我这次游览了著名的九乡溶洞。

记得 20 世纪 80 年代去桂林参加全国语文教学活动周时，游览过桂林溶洞，新奇美幻，而九乡溶洞除了新奇美幻，其沟壑宏大险要、瀑流贯穿腾涌其间的场景令人震撼。

九乡溶洞中各主要景点乳岩群也都有不同造型，除一眼就能看出的或倒挂于洞顶或挺立于地面的石笋，随着游人进洞的脚步，各种动物以及传说中的神仙、人物造型也依稀展现在游人眼前，导游不断地给游人提醒点睛后，经仔细察看，反复琢磨，越看越像，但这在桂林溶洞也曾见识。我在这里要说的是九乡溶洞中的雌雄双瀑。九乡母亲河奔流向九乡溶洞被巨石劈而为二，泻入壑底，形成一大一小两条瀑流，大者为雄，小者为雌，故名雌雄双瀑。进入溶洞即听见隐隐水声，我沿着岩石栈道或走或登，犹如进入一个险要难测的深山大峡谷，果然沟壑谷底一大一小两股湍流随峡谷地势一路奔腾而下，平缓处还稍作喘息，坡陡处急湍澎湃，悬崖处瀑布飞流直下，其声震撼溶洞，游者惊惧，甚至都忘记欣赏谷岸两边洞壁洞顶奇石、钟乳石的自然奇观。这还是在河水流量较为平缓的冬季，如在洪水季节洞中瀑流暴涨，两股瀑流合而为一，那将更是巨龙腾飞、雷霆万钧，其势其声足以震天撼地。有人为溶洞瀑流写的一首诗，爱而恭录于此："九渊锁不住，逃逸两飞龙。尘世不堪着，潜养幽潭中，静久思弥壮，浑然动远踪。穿峡趁云雨，出洞狭霓虹。相携赴壑底，雷霆震远空。雌雄双瀑布，万古荐心胸。"瀑流深谷两岸有瀑布桥、观瀑台、枕瀑桥、攀虹桥等，为瀑流锦上添花。壮哉！美哉！。

沿途更使人难忘的是在观稼台上看"神田"，沟壑谷底瀑流之上、石栈之下一大片陡坡地，乍一看全是"黄土梯田"，顺坡势层层铺排，梯田垄中还有一大堆金黄色的圆锥形"粮垛"，真是神奇难解。经导游简要解说，才知所谓"黄土梯田"是溶洞地下水流以片状形沿洞壁斜坡向下漫流，遇到阻挡，天荒地老，可溶性岩石即石灰岩中的碳酸钙被含有二氧化碳的流水溶解，而当失去水或二氧化碳气体逸出水时，被溶解的碳酸钙便胶结堆积，鬼斧神工，自筑成坝，形成边石坝群，成就了“神田”。所谓“粮垛”其实是洞顶塌落下来的一块巨石，大致同因，在悠悠岁月中终于演化育成一枚金黄色的巨型圆锥状凝石。我想，“神田”和“粮垛”的形成与当初洞顶渗漏落地含有各种矿物质的水滴的配合作用也不无关系吧。大旅行家徐霞客早在三百年前写的《徐霞客游记》里就记录过并把它称作“神仙田”。据说钟乳石、石笋每长一厘米竟要一百年之久，而钟乳石、石笋的形成往往需要上万年或几十万年时间，自然造化不但神秘玄妙，而且坚韧顽强、永不停歇。

石林与九乡相距 20 千米，同属喀斯特地貌。昆明市石林风景区是联合国教科文组织评定的“世界地质公园”“世界自然遗产风光”。石林主要是由可溶性石灰岩——碳酸盐岩构成。它的形成要具备有利的地质、气候和水文条件。大约几亿年前，这里还是一片汪洋大海，最初的可溶性石灰岩就形成于大海之中，后在“高岸为谷，深谷为陵”的地壳变动中，海中可溶性石灰岩被抬升的过程中受到挤压产生多组垂直裂痕，又经海水等沿裂隙不断溶蚀，随着溶沟的加深加宽，最终演化塑造成的一个个岩柱便被分隔，形成石林地貌。石林的形成经历了漫长而复杂的地质演变过程，石林是地球演化的杰作。

在旅游车开往石林的路上，津津有味地听完导游声情并茂的解说，车刚好到石林景区。

站在石林入口前放眼望去，石林犹如密密麻麻的森林耸立突兀，有岩柱，有岩壁，有岩剑峰，直插云天。岩柱形态各异，有宝塔状的，有蘑菇状的等等，真是千姿百态，雄哉！壮哉！

导游到此为止，我们几个临时组合的游伴也一一告别各自进石林游览。我一进石林深处，才感到石林“家族”成员竟耸立在千山之上，万壑之中，原来海洋底部也是山岭沟壑，并不平坦。大大小小的无数海岩拔地而起，小者有一二十米，大者有四五十米那么高。登到山高宽敞处，环顾四周石林，仔细观察，就会发现本来形态各异的岩石上，还有种种物象，有卧虎、有奔兔，大象踞台，犀牛望月……天造地设，活灵活现，突然感到有一种强烈的生命气息和灵性隐隐约约浮游石林，敬畏之心油然而生。我小心翼翼地随势只身穿行攀登于海岩夹缝之间，最狭处非侧身不得过，有时岩壁并靠一排横绝前路，无缝隙可过，幸好岩壁底部有石洞似门，低头、弯腰、屈腿，方可穿过。

好不容易几经周折沿着岩石间缝隙攀登到最高处，天光外景，豁然开朗，又要一路艰难下走，直至谷底，抬头仰望，才知什么是井底观天。就这样曲曲折折，登而又下，下而再登，几番劳累，走出石林，汗流浃背，竟费了三个多小时，还只是沿着一条路径。

令人吃惊赞叹、怀有敬意的是，无论是岩石的顶端、周延还是径边谷底，只要是有些许沙土或者岩缝的地方，都有小树摇曳、翠草丛丛，甚至野花怒放，点缀其间，成石林中另一道风景，不能不佩服这些小小生命“无孔不生”的顽强意志。

出了石林，邂逅玉鸟池，水清见底，附近有一细高岩柱，游人说这就是彝族撒尼少女阿诗玛石像。我昂首端详，还真有点像一位身材苗条的少女，背上还背着竹篓呢！年轻时曾饶有兴趣地读过彝族民间文学、叙述诗故事《阿诗玛》，讲的是聪明美丽的少女阿诗玛与憨厚、勇敢的青年阿黑曲折动人的爱情故事。头人之子贪图阿诗玛姿色，百计不能得逞，趁阿黑放羊远行劫走阿诗玛，阿诗玛巧用与阿黑定情的山茶花投溪传信，溪水倒流，阿黑闻讯赶来救走阿诗玛，二人骑马回家，在路途溪边被阴狠的头人之子放洪水将阿诗玛淹死。洪水过后，阿黑悲愤绝望地呼唤她的名字，但阿诗玛已化身成一座美丽的石像，永驻石林，长留人间。看来正是眼前这座石像了。故事表现阿诗玛同强权恶霸势力不屈不挠的斗争事迹正反映了彝族撒尼人“断得弯不得”的民族性格和精神。

在这时才知道这里是小石林有名的景点，我刚才游览的是大石林。景区有许多景点，可惜不能一一游览。

有好游者说 ，石林兼有泰山之雄，华山之险，三峡之奇，黄山之峭，雄险奇峭，浑然天成。我只是初次匆匆登览，管中窥豹，不好评论是说，但可以肯定，石林风景独步天下。

（2019 年 12 月 26 日）

登临狮子山

2019 年 12 月 27 日晚从昆明南站乘火车去丽江，终点下车，早晨的丽江天还黑蒙蒙的,路灯迷离着眼。在小吃店吃了简单的早餐后，天已大亮，便出发徒步登狮子山。

从丽江古城地段的一曲巷街道走过，五彩石板铺路，小溪流水过门，树绿花艳，清气送爽，这边古色古香的楼阁全是客栈，那一厢商铺小店尽是珠玉珍宝玛瑙首饰云南特产，琳琅满目，花团锦簇装饰华美，尽显繁华富有。

狮子山山顶便是万古楼，明清时纳族土司木府后山花园。1995 年汶川大地震后新建，16 根立体通天木柱，是我国全木结构斗拱建筑一柱通顶不连接的第一楼。飞檐翘角，阶梯五六折，楼阁有数层，恢宏雄伟，壮而华丽；楼体阁顶、梁栋，日月星辰、万龙形态，雕饰酷似如真。“万古”寓意千年万代流芳、吉祥富贵、永存不朽之意，表达了建楼初心、美好愿望。

站在楼阁最高层，遥望玉龙雪山，蓝天白云，阳光照耀，银鳞晶莹闪烁，雪山似巨龙腾舞；玉河清流，如玉带东南西三面环绕古城而过，最后分二水向南和东南流出。玉河俗称“西河”，元代纳西族首领率领族人入主古城西部期间开挖而成，灌溉农田，滋润一方，惠及民生，功在千秋。丽江古城四周，高峻挺拔的玉龙、虎山与两相对峙锁衔东、南的龟、蛇二山连手拱卫，群山脚下万亩平畴。丽江古城占尽地利，真乃山川形胜之地。俯瞰古城，千百青灰瓦房民居鳞次栉比，与外围一幢幢大厦高楼共处，古香古色与现代文明辉映，更增添了古城悠久历史文化的厚重感。

下山时依环山公路慢下，路两旁皆松林，如穿行绿色海洋之中。林中十来步间都配有灯具，大概是为夜行人照明，亦是点缀夜景之用。可以想象晚上山下古城灯光辉煌，热闹的夜生活，天上或月明星稀，或繁星闪烁，山上绿树丛中亦灯光灿烂，相互映衬，该是一种什么景象！

我一个人行走在下山路上，边走边欣赏，如朱自清先生所说，什么都可以想，也可以不想，悠闲地享受着孤旅的感觉，可不像登青城山下陡梯时全神贯注的紧张心情。沿途还有狮乳泉，一泓清池由石缝注水。池中有五颜六色的观赏鱼旁若无人地逍遥游戏，也是奇观。走不多远有阶梯直通三清殿。

过了三清殿，沿阶梯继续下行，便到有名的纳西族土司木氏木府玉花园。初观木府玉花园即觉酷似故宫，后才知其本是仿修清朝建筑，这里便是故宫的具体而微者。世说“北有故宫，南有木府”，有资料说木府也“反映了明代中原建筑的风采气质，同时保留了唐宋中原建筑古朴粗犷的流风余韵，又见证了纳西传统文化的精神所在。”木府沿坐西向东的中轴线依地势次第建有忠义坊、义门、义事厅、万卷楼、观音殿等以及宫室其他大大小小百多建筑，后花园一直延伸到狮子山顶，气势宏大、富丽堂皇、美轮美奂。徐霞客来访之后曾说土司木司“宫室之美，拟比王者”。1997 年 12 月包含木府在内的丽江古城被联合国教科文组织遗产委员会列入《世界遗产名录》。

有一段木府的历史和传说，纳西族是古代羌族的后裔，最初纳西族人没有姓氏，明朝开国皇帝朱元璋在纳西首领归顺明王朝后，赐予纳西族首领“木”姓，“木”即是“朱”字去掉“一、撇”得来的。此后纳西族首领的后代子孙相传姓木，称木氏。朱元璋这样做，显然是笼络其心，让这不可小觑的赫赫家族、地方势力稳定一方，安境保民，为大明王朝效力，这也成就了木府的荣耀和地位，木府也就成了丽江的一个象征。

出了木府又到丽江古城，在同样两边都是古建筑的曲巷小街信步游走，两边商铺，无非是珠玉宝贝彩布服装特产，也有本地特色饭馆等。在一家加工制作翡翠的店里，驻足观看，见有翡翠及待加工的许多石头（玉璞）。含翡翠的玉璞，有的表面能看出有大大小小的翡翠裸露，大多外表看不出什么，只有识玉者能慧眼看穿其真面目。在我们俗眼看来，也就是些大大小小的普通石头。一旦玉匠剖析，价值昂贵的翡翠才会展现。这使我想起战国时期楚国玉匠卞和在楚厉王、楚武王时接连两次献玉璞，称其中美玉价值连城，两王都让玉工鉴定，玉工看后都说只是一块普通的石头而已，卞和便被以欺君之罪先后砍掉了两只脚。直到楚文王继位，让玉工剖开玉璞，果然如卞和所言，是一块价值连城的美玉，遂命名为“和氏璧”。后来围绕和氏璧又演绎了一连串惊心动魄的故事。

世人识玉者稀，玉璞确实难以看透，连玉工都频频误判，致使卞和为献和氏璧付出了惨痛代价。关键是一块璞的表面光鲜内里也许就是石头，外表普通剖开竟是美玉。

俗语“海水不可斗量，人不可貌相”，蒲松林《聊斋志异》里一个相貌堂堂、衣冠楚楚却胸无点墨的秀才就被美女鬼魂骂作“金玉其外，败絮其中”，这些都告诫世人辨人不能只看外表相貌。辨人如识玉。最可靠的办法就是如楚文王让玉工剖开看其究竟。是不是人才，是不是德才兼备的人才，亦要放到实践中去考察。人们常说的“路遥知马力，日久见人心”“是骡子是马，拉出去遛遛”，就是强调实践检验的重要性。

（2019 年 12 月 28 日）

普达措断想

普达措国家森林公园，“位于云南省迪庆藏族自治州香格里拉市建塘镇红坡村，处于滇西北‘三江并流’世界自然遗产中心地带，距离香格里拉城区 22 千米”，国家五 A 级旅游景区。2019 年 12 月 29 日从香格里拉市乘车到普达措国家森林公园，公园车场再转乘景区观光车。公路两侧几乎全是冷杉云杉林木，随山势越上越高大挺拔。我惊叹在这海拔 3000 米以上的高寒贫瘠山地竟能长成如此高大的乔木，其顽强的生命力、精神意志不能不令人肃然起敬。正值冬季，杉树雪装，山岭素裹，一派严冬肃杀景象。游览车拉上山坳后，游人下车沿山道步登而上，到一宽阔低洼处有山丘环围一湖，湖水已冰雪覆盖，望去白茫茫一片。百米以外山坡不见牧人踪影，却有成群牦牛在薄雪中慢悠悠艰难地寻觅吃草，它们似乎早已适应、习惯了这里严酷的生活环境和条件，不怨天、不尤人，顺其自然地活着，甚至不缺少快乐，你看，那里有几头小牦牛围着可能是它们的母亲撒欢淘气呢！没注意有没有鸟或鸟叫的声音。总之，这里的一切都被单调静穆、风雪严寒和冬眠统治着，不像四五月春暖花开、湖水荡漾、百鸟鸣翠那样令人陶醉。

但看到海拔三四千米的高山坳里和青城山一样，竟有如此湖泊，还是令我惊喜。

山有多高，水有多高。它要滋润一方土地，养育自然生命。

常说“水火无情”，水一旦脾气暴发，溃决堤岸，泛滥成灾，洪水滔天，“人或为鱼鳖”，其实更常说“柔情似水”，天下之水也情深意厚，才是真正的仁者。

《道德经》说，上善若水。可见老子对水的崇高定位。她无私地献身给茫茫自然、攘攘人类。她将自己宝贵的躯体反复物变：青藏高原冰雪源源不断的融水，成就了黄河母亲，还有万里长江，孕育生命，滋养中华儿女世世代代繁衍生息；她可从高原湖泊、山川旷野，蒸发蒸汽，直升天空集聚为云；春秋普降甘霖滋养万物，严冬飘雪，“鸭绒”覆地，保暖植被过冬；她虽在高位，却甘居下处，在低洼不起眼的地方落户安家，静如处子，不争不攀；她润物无声，从不居功自傲，显摆张扬。

上善若水，有胜于彼水者乎？

（1919 年 12 月 29 日）

车行大理

车由香格里拉开往大理。

山峦地势一直连绵不断和公路相伴，宛似一条硕长无比的青龙，护佑这一带一方生灵。半小时后才见青龙尾部，车擦尾而过。前面出现一片开阔地，另一山下路左侧一片长长幼林，右侧为藏族人家，白塔是其居住地标。之后也有横在前方的山峰，大多是两边山峦向前方绵延而去，起伏如万马奔腾。有牦牛出现在山湾专注地吃草。车在高原或山路上一直下行，看来香格里拉海拔确实很高。

有一段很长很长的路依山势盘旋而下，不知山之名，但感山高峻。又是一长长峡谷，忽见清水一股，从深谷流出，同座一藏族青年说这就是金沙江。噢！好荒唐！原来车返回的是丽江到香格里拉原路，我还以为走另一条公路去大理呢！现在是向丽江方向驶去，在前面分岔口左边去丽江，右边驶向大理。

在峡口停车就餐稍作休息后继续赶路。

出峡口之后渐渐展现在眼前的是周山环绕的一马平川，粮田块块，块块相连，房舍俨然，白楼片片。

车行经剑川湖。剑川湖位于云南省大理州剑川县，距离大理古城有一百余公里，属高原湖泊，是国家湿地公园，气候适宜，又位于我国候鸟迁徙通道，它既是候鸟迁徙的过境地和栖息地，也是迁徙水禽越冬的乐园，据说每年越冬的候鸟多达数万。湖周民居可见，重峦叠嶂，白云在山嶂隆起，微波荡漾的剑湖上空白云点缀着蓝宝石似的蓝天，湖岸草色熟透青黄错杂，湖水摇曳杨树白桦倒影，水禽在湖中浮游，候鸟在湖上旋空飞翔鸣叫，虽是冬天仍感强烈的生命活力和气息，与普达措国家森林公园景象截然不同。

车随不同山势继续下行。下行中宽峡连续形成三面环山的小盆地村庄，一直递接到宽峡出头，村庄人家就生息在青山的怀抱里。

车过洱源收费站。沿路两山上植被并不看好，但真正的一马平川，良田万顷、碧绿如茵。看到路旁不远处斗大红漆标语——“恢复东湖湿地，重现万亩荷花。”

快到大理市，果然更开阔！

大理古城街巷呈直道井字形，东南西北，方方正正，与丽江古城有别；街巷商铺多是民族多彩精致工艺产品，珠宝玉石之类，特产大理石随处可见，游客熙熙攘攘，富庶繁华可与丽江古城媲美。街巷间一些居民旧宅仍存古朴风貌，庭院盆盆花草，门前淙淙流水，可谓闹中清雅安静，难得生活佳地。

大理古城简称叶榆，又称紫城，古城始建于明洪武年间，后城墙拆毁，1982 年重修南城门。站在大理古城墙上，不知怎么想起我们宁夏固原的历史文化名城、古代丝绸之路重镇的砖包城墙。固原古城分为内城外城，城墙规模宏大、雄伟壮观，修筑历史悠久，要在大理古城城墙之上。若能保存到现在，将会为固原古城旅游胜地增添不少亮色和内涵。

（2020 年 12 月 30 日）

探究洱海

2020 年 1 月 1 日早晨八点半，从洱海公园沿洱海南岸径直由西向东信步走去。

海水像蓝色的缎子，游浮的海鸥像蓝缎子上点缀的花苞，突然起飞的海鸥和过眼的豪华游轮，就像蓝缎子上的刺绣，更具立体感。

洱海位于云南省白族自治州大理市北，古称昆明湖、洱河、叶榆泽等。之所以称湖、河、泽为海，是因为湖泊等在云南多被叫作海，云南的十八怪中有一怪即是“湖泊称为海”。但洱海也的确有海的气魄，况且洱海的水最终汇入了太平洋，称她为海也不为过。洱海又何以为洱？也有几种说法，我倾向“形若人耳”说，因为她东西狭长 3000~9000 米，而南北长 42 千米，大体有点像人耳朵的形状，只是没有看到耳垂。

边走边感受海的胸怀和境界——洁净、美丽、沉稳、宏阔、宽厚。在海洋的世界里养育着千万种生命，各具特色，千奇百怪，美难言说，大概比陆地生物还要种类繁多。她平时总是微波粼粼，无声无息，一般的风对海面来说就像是温柔的按摩，反应的只是微微涟漪；只有飓风才引起波浪，只有大地震才产生可怕的海啸，让人类见识它的能耐，哪像池塘水坝一有风就起浪。

洱海既像人耳，应该有耳垂，我为探究竟，欲穷其相，下决心继续沿南岸向东走去。云笼雾罩而又遮不住苍翠秀丽的东山终于到了眼前，急切地察看，东岸与南岸交汇处，洱海到此果然有一段向南延伸的狭窄水域收住，还真像人的耳垂。虽然辛苦，但找到了答案，我亦乐之。

十一点半我仍沿南岸由东向西返回，抬头遥望洱海西侧名胜苍山，果然雄伟挺拔，气势磅礴，山顶白云涌动，峰顶白雪皑皑，未被白雪覆盖处青青苍苍，便是苍山的本色，色调青白错杂，上下相配，好一幅立体灵动的苍山云雪图。尤其苍山峰顶白云的涌动，使我想起苍山望夫云的凄美传说，古时候，某国王有一美丽公主，在一次盛会上认识了一位年轻英俊的猎人，一见钟情，可两人地位、贫富悬殊，遭到国王反对，二人私奔逃到苍山玉局峰结婚，生活甜蜜幸福。国王知道后勃然大怒，请罗荃寺罗荃法师施法在玉局峰下了一场大雪，想叫娇生惯养的女儿知难而退，回心转意；年轻猎人为了给公主御寒，便冒险盗取罗荃法师的御寒八宝袈裟，不幸被发现，罗荃法师把年轻猎人打落洱海海底，成为石螺。这个罗荃法师类似《白蛇传》里破坏白蛇和俊才许仙美满婚姻并把白蛇施法压在雷峰塔下的可恨法海。公主痛不欲生，忧郁而死，她的精气变成一长条白云，有似人形，漂浮在苍山山头守望淹没了情人的洱海，有时久久停留不肯散去，天气就会突变，洱海狂风大作，大概冥冥中的公主希望把海水吹开，吹出一条路来，去海底会见她被罗荃法师打落海底的情郎，年年如此，从未间断。这种执着就像中国古代神话里精卫填海的精神。人们怜惜她，便把苍山这块特征明显的白云叫“望夫云”。这个传说反映了人民渴望自由恋爱、爱情美满，反对专制暴力统治的美好愿望。

大约一小时后，看到中途有上团山的路，便沿上山的车路盘上。山顶南侧建有儿童乐园，园大而所玩极丰，休闲日大理市民便带上孩子来这里到各种馆舍、娱乐场所尽情游玩享受美好的生活。

我无心去馆舍及各种娱乐场所，上山进了梅园，毕竟冬季，除了有限的几种花和几棵开大红花的树惹人注目外，没有特别的。

下午两点过，在团山山顶望海楼再次望洱海。所谓望海楼，原来是用各色精致小石子镶成的大圆圈，圆心立一块有形状的石头作为点睛。在此望海确与站在海岸观海大不一样。登高瞭望，千里目穷，洱海更显辽阔，东、西群山连绵相望，隔海而耸，北望远山似线，水域浩渺无际，南有团山公园锦上添花。由近而远，海水有纯蓝有浅蓝，山下右岸海水有一片还呈浅绿色。洱海的颜色也会变化，还是日光的因素？

比海大者为洋——她把自己养育的宝贝无私地供人类观赏甚至食用，她源源不断蒸发水汽，调节着地球的湿温，她始终敞开着胸怀大度地容纳千河万江，才使陆地生物免遭滔天洪水的灭顶之灾，她甚至无怨无悔地收垢纳污，却用自己洁净的躯体净化它们，她允许在自己的躯体行船过舰，方便异域人的沟通往来。古时的郑和下西洋，哥伦布发现新大陆等等不都是她的热心承载才使人类最早发现世界、认识世界，不同地域才开始交往。海或洋宽容而有大爱，对人类是有大恩大德的，人们应敬海爱海护海。现代有个共识的口号：保护海洋就是保护人类自己。

下山时顺山阶梯下，也够陡峭的，几段下来大约要几百台阶。下得山来，已下午快四点了。海边此时海风不小，帽子差点被风吹走，赶紧用手紧紧按住，而海水粼粼依旧，海鸥尽情嬉游其中。

（2020 年 1 月 1 日）

成都游记

云南游览，直观享受的是祖国大好河山的美丽风光，有诸多人文蕴含在名山秀水之间，铭刻在云南少数民族人民的心里，以古老凄美的传说故事的形式显示出来，游者要用心寻觅、慢慢品味。四川成都景区人文景观荟萃，可见、可感，动人心弦。且不说别的景区，就是有民居、有商家的宽窄巷子，你走进去，商铺门面、小店招牌的巴蜀特色、风云人物等迎面而来，人文气息浓郁，令人陶醉，你的身心都沉浸在祖国优秀文化传统的氛围之中。

武侯祠、锦里、杜甫草堂

武侯祠，其实前殿即正殿是蜀主刘备，后殿是诸葛亮殿，东偏殿有关羽等；西偏殿有张飞等；刘备殿前东西廊各有十四名文臣、武将。殿、廊众多塑像皆栩栩如生。

武侯祠的建筑完好无损，祠前柏树经过精心维护，沧桑挺劲得令人惊心动魄。对诸葛亮一生崇拜敬佩有加的诗圣杜甫《古柏行》

开篇，就有对古柏的描写“孔明庙前有老柏，柯如青铜根如石。霜皮溜雨四十围，黛色参天二千尺。君臣已与时际会，树木犹为人爱惜。”夸张的参天老柏实为诸葛昆明之化身。睹物思人，蜀民爱屋及乌，“爱惜”树木、精心维护，实则怀念敬仰古人之寄托。

诸葛亮有名的《出师表》说“臣本布衣，躬耕于南阳，不求闻达于诸侯”，刘备三顾茅庐，隆中决策。从此出山，夙兴夜寐，肝脑涂地，辅佐刘备。一路联吴抗曹，开疆拓土，建立蜀汉，鼎足势成。刘备死后，诸葛亮又辅佐刘禅，赤胆忠心，始终不渝。七擒而又七纵孟获、六出祁山北伐曹魏的故事家喻户晓。终生相蜀，勤政爱民，辛劳军务，鞠躬尽瘁。杜甫《八阵图》《咏怀古迹》诗，屡次歌颂他“名成八阵图，功盖三分国”的赫赫奇功，赞扬他“伯仲之间见伊吕，指挥若定失萧曹”的大智大才，咏唱他“三顾频烦天下计，两朝开济老臣心”的耿耿赤诚。更可歌可泣的是诸葛亮廉洁奉公，节俭朴实，严于律己。一生所得赏赐大多充于国库或抚慰将士，临终时仅有“桑八百株，薄田十五顷”而已。

杜甫对他军旅劳累夙愿未了就去世无比惋惜悲痛“出师未捷身先死，长使英雄泪满襟”！蜀地百姓敬仰他，给他和蜀主刘备同样的待遇，从古到今，世世代代缅怀他、纪念他，“武侯祠屋常邻近，一体君臣祭祀同。”正反映了这一事实。

武侯诸葛亮一生功勋卓著，集忠诚、智慧、廉洁于一身，名垂宇宙，光照千秋。

锦里，在武侯祠旁。成都早在秦汉三国时织锦业就高度发达，锦里就是成都以织锦、售锦为主的一条古街，故成都又别称“锦城”“锦官城”。诸葛亮在蜀为相时关注、重视当地织锦业生产的发展，而诗仙、诗圣还喜欢在他们的诗作中使用成都的别称“锦城”“锦官城”，如李白《蜀道难》在最后嗟叹“锦城虽云乐，不如早还家”，《登锦城散花楼》“日照锦城头，朝光散花楼”。杜甫《赠花卿》“锦城丝管日纷纷，半入江风半入云”，《蜀相》“丞相祠堂何处寻，锦官城外柏森森”，《春夜喜雨》“晓看红湿处，花重锦官城”等等，都频频使用成都别称。

而眼前锦里的繁华热闹却又非当初可比了。

杜甫草堂，景色优美，佳树丛丛，游览胜地。但我的兴趣不在景而在“杜甫草堂”上。站在复制的古朴简陋草堂前，并不影响我浮想联翩：杜甫《茅屋为秋风所破歌》中，朋友们帮他搭建栖身安家的茅屋，屋顶茅草被“八月秋高”怒吼的北风卷起又随风飘散，“南村群童欺我老无力，忍能对面为盗贼。”追赶阻止淘气调皮的孩子抢走散落四处的茅草而无果的哀叹无奈，晚上“床头屋漏无干处，娇儿恶卧踏里裂”的穷愁潦倒，不由人深深同情。尤其他推己及人“安得广厦千万间，大庇天下寒士俱欢颜”的博大崇高的胸怀境界，为人们推崇称道肃然起敬。

杜甫一生创作1500首左右的诗中大多表现忧国忧民的家国情怀，他是继屈原之后我国最伟大的现实主义爱国诗人，对后世读书人的影响无以言表。

说是杜甫草堂，其实古代大文人塑像会聚。大雅堂前左右两侧就有三苏三曹父子塑像。

蜀人不但敬重蜀国文臣武将，还敬重忧国忧民的爱国诗圣杜甫及正直文人。难怪蜀地多俊才。

（2019年12月12日）

战旗村和杨雄故里

从村史 得知战旗村属于四川省成都市郫都区唐昌镇，始建于唐朝仪凤二年，取大唐昌盛之意建县而得名，距今有1300多年历史。是乡村振兴旅游目的地和集产、学、研一体的四A级景区。景区有战旗党建馆、战旗村史馆、天府农耕文化博物馆、郫县豆瓣博物馆、乡村振兴培训学院等新业态新场景。走出战旗村史馆，我观看了天府农耕文化博物馆，从各地收集来的巴蜀历代农用工具实物、艺术创作作品再现巴蜀历代农耕情况等场景，感受了源远流长的天府农耕文化文明。

郫县豆瓣酱博物馆位于乡村十八坊内，门内左边前店用大缸装满了豆瓣酱，摆放着包装好的各类豆瓣食品，后坊展现酱园的生活与工作场景，偌大的场地上整齐有序地摆放着数不清的缸坛。豆瓣酱在这里发酵、酝酿，通过“味道”长廊，可感受最地道的郫县豆瓣酱味，果然，走在长廊酱香味扑鼻而来。

郫县豆瓣酱是四川三大名瓣酱之一。它靠精细的加工技术和原料的优良达到色香味俱佳的标准，是川味食谱中常用的调味佳品，有川菜灵魂之称。我正看品牌介绍，忽见一导游给一群游客讲解，便凑过去听：相传明末清初，一陈姓移民入蜀途中，其赖以充饥的蚕豆遇连日阴雨而霉生。他不忍心丢弃，遂放在田埂上晾干，以鲜辣椒拌和而食，竟鲜美无比，余味悠长。其后就以此为生。这大概就是郫县豆瓣酱的最初起源。清康熙年间其后人承传发扬此道，在郫县开设作坊，取本地区原料和清水，以此法大量生产豆瓣酱，渐成气候，郫县豆瓣酱从此得名。后几经发展完善，历300多年风雨历史，至今已成享誉全国乃至世界的名牌特产。

饶有兴趣地听完导游生动的讲解，最使我感兴趣的是豆瓣酱产生的起源。又是一次偶然，小时候听大人讲过鲁班因偶然被一种叶子周边有细齿的野草割伤手指的现象受到启发，发明了锯子的故事。上中学时物理老师介绍瓦特受到沸腾的水释放出的水蒸气将水壶盖冲起的现象受到启发，后来发明了蒸汽机，将人类历史推进到蒸汽机时代。著名物理学家牛顿一次在苹果树下，一颗成熟的苹果掉下来砸在头上，牛顿突发奇想，苹果熟了为什么就往下掉而不掉上去？他继续异想天开，月亮高高地悬挂在空中，为什么不像苹果一样掉下来？由此产生灵感，成为他苦心研究的课题，最后得出了著名的万有引力定律——人类在创造发明的历史长河中，这种由偶然性引发的灵感取得的成果举不胜举。但是如果不是内行有一定的基础再加上有心，即使遇到上百次这样的偶然也是过眼烟云，不会有什么奇迹出现的。

杨雄故里就是农家乐第一村，属于四川省成都市郫都区友爱镇。20 世纪 80 年代徐家大院首先办起农家乐，后经几代升级，终成拥有现代规模的休闲花苑大型酒店，可承担国家、国际大型会议、商务任务的农家乐第一村。

说是农村，却有城市景象。街道两旁商铺饭店比比皆是，清流与街道四通，园内高楼和亭榭搭配；绿池鸭鹅嬉戏，盆景嘉树，曲径通幽；景山石隙喷吐瀑流，游人如进桃源仙境。农民生活悠闲富裕，胜过繁华喧嚣城市。

这里也是西汉末年一代大儒、文学家、思想家杨雄故里。刘禹锡名作《陋室铭》有“南阳诸葛楼，西蜀子云亭”联句，大家名流将雄、亮并列，可见杨雄的重要地位。

杨雄少年好学，博览群书，早期长于辞赋，晚年专研哲学，潜心著书立说。其主张以儒为尊，又取法于道，儒道相间，继承并发展了儒家哲学，对后世有重要影响。

杨雄生前被冷落，穷困潦倒，而身后风光名盛。若英灵有知，而今如此气派的杨雄故里——农家乐第一村，会有何感想？

由第一个吃螃蟹开创农家乐的徐家大院，发展到现在的规模景象，农家乐早已全国效仿，遍布农村景区，给农村带来实实在在的利益。开拓创新才能致富，全国农家乐第一村便是历史的见证。

（2020 年 1 月 3 日）

奇功都江堰

2020 年 1 月 4 日。进入景区大门前方，巨石书刻“世界文化遗产都江堰”，右侧有余秋雨石上书刻，“拜水都江堰，问道青城山”。几百米堰功道两旁清流水池拱桥鲜花景树美不胜收，又有夹道名臣雕像排列更增名胜内涵，而两度在西游记等影视中出现的张松树也格外引人注目。正前方高台阶上是伏龙观，观中迎门是大石壁浮雕：正中有黄帝像，像上方有“认祖归宗”四字，像警钟一样提醒着人们，像侧有“百家姓之源”字样；右侧炎帝、大禹，左侧蚩尤、李冰，李冰肩右上刻有“开山治水”字样。把李冰列入黄帝、大禹之列，功追大禹，川人给予了极高的评价和待遇。壁两边延伸还有百家之姓字。

随着一家旅游团到都江堰著名景点宝瓶口和离堆。为什么叫“宝瓶口”“离堆”呢？我带着疑问仔细听导游简要讲述李冰治水的事迹。李冰治水时，把岷江一分为二水，在鱼嘴处分流，引入水为内江，原江流为外江。内江要畅通无阻，便要在江左玉垒山伸向外江的山脊（虎头岩）相连最狭窄处，凿开一条通道。山石坚硬无法施工，李冰想出办法，砍伐山上林木，烧烤岩石，然后浇灌岷江之水。岷江是雪山溶化之水，温度极低，烧岩浇冷水而爆出裂缝，然后再用人工开凿。不知其反反复复烧、浇、凿多少次，经过八年才在玉垒山与虎头岩狭窄处凿开约 20 米的豁口，成为内江进水的咽喉，内江之水才得以畅通无阻地进入成都平原和丘陵地带，灌溉良田供民之需。从高处看凿开的豁口形似瓶口，故名宝瓶口，瓶口前冠以“宝”者是赞其特殊功能。而山脊虎头岩因人工开凿与玉垒山山体分离开来，此后人们就叫它离堆。

此后四川终成天府之国。赫然有大书石刻“川西第一奇功”。

登到山腰俯瞰岷江，果然有块长条又像鱼形的岩礁把两江分开，鱼嘴便是分流处。本来内江分流处到宝瓶口，相距几百米，地势较高于外江，为使岷江到此顺利分流，便用人工硬是深挖出一条河道来，而在飞沙堰外江岸处筑坝设闸，枯水季节蓄水保证内江水源，丰水季节可提闸排洪于外江以防内涝。真是奇思妙想科学治水，李冰真不愧古代伟大的水利专家。川人饮水思源，不忘治水功臣，建庙雕像纪念他，年年祭祀代代朝拜，至今尤盛。

沿长长的索道上山，在秦观楼观堰更加历历。酷似鱼身的岛礁稳稳地将两江隔开，两江呈人字形向前流去。本来就高的内江江岸被挖淘出的砂石铺垫，更比外江江岸高，两江堤闸处隐隐可见。

走在返回的路上我想起茅盾先生在《风景谈》散文中的一句话“自

然是伟大的,然而人类更伟大。”从人的主观能动性、创造力等方面看,的确如此。都江堰，就是李冰与古蜀国民智慧、劳动创造的伟大工程，改造优化岷江的奇迹，与大自然合作的典范，他们与日月同辉，与天地共存。

（2020 年 1 月）

异域游记拾零

平生到域外出游，仅仅去过日本和加拿大。时间是 2017 年—2019 年。和女儿去日本是旅游，和老伴到加拿大是探亲。

一

不知为什么当时没有留下文字，可能是对我的视觉和感受平平吧。说实在的，现在的中国，不论是城市现代化建设还是新农村的兴起，可以说已毫不逊于世界上的发达国家。我到这两个国家，所见城市景象也就那样，普通寻常甚至陈旧，没有使人新奇到眼前一亮的感觉。也许它们现代化城市的兴建始于 20 世纪六七十年代吧。尤其加拿大，街道和路面时见裂缝而无修补。首都渥太华，它的街面还有 20 世纪 60 年代时我在上海见到的电车轨道，使我感慨了好一阵。从加拿大最大的城市多伦多到旅游和工业重镇温莎市的火车，感觉服役都有几十年了，从外到里都显得陈旧、简陋。车速也不敢恭维。使我想起我国 20 世纪六七十年代火车、铁路的发展水平。

加拿大居民住房远离城市的，普通家庭住房建筑一到三层不等，还有面积相当的地下室。建筑面积和周围草坪一般有一亩左右或更大些。草坪里有风景树和果树。房主人对自家的草坪要定期修整，片片草坪都像绿色地毯一样平平整整。而对管理不善者是要罚款的。

到处都是茵茵草坪和苍苍古木，间有大池小湖点缀其间，是野鸭大雁等一些鸟禽的乐园。多次步行锻炼遇到五六级的大风，竟然都没有一丝灰土，不由人惊叹，这在我们国家暂时还是做不到的。感觉偌大的国家就在无边的大自然公园里。

远离城市的加拿大居民区，间隔疏阔，宽敞明亮，环境优美，空气清新，干净而幽静，适宜人居。不少家庭门前院里还栽着一个篮球板，不时可见有人打球投篮。一次路过一家，竟看到一排七个孩子在大人的组织指导下有序上篮，引起我的兴趣驻足观看。可见加拿大对篮球的爱好和普及犹如我国对乒乓球的爱好和普及。

我国每个居民社区就是一个流通活跃的小社会，商铺药店菜篮子，理发美容养生所，小有幼儿园，老有活动室，大社区还建有小学甚至初级中学，几个社区更有中心卫生院，生活、看病十分方便。我所看到的加拿大居民区就是住人，无小卖铺商店会所之类，居民买生活的任何用品都要开车到很远的超市或商业区，一次就买一大堆装满后车厢，几天或一星期吃完再去采购。我去过一次超市，采购的人都是这样。如买药就更是奢望。居民区无药店的影子且不说，即使城里药店也寥寥。找到药店也不是要买就能买到的，无医院医生的正式处方你想都别想。在我看来生活或看病太不方便了，如果没有车生活就寸步难行。

除了居民区和一些自然景观、环保，很少有深刻的记忆痕迹了。但是（包括在日本）有些所见和经历的事，在这几年里却挥之不去难以忘怀。

1

去过两次温莎市红火的自助餐馆。百多食客，新到的，离开的，来来去去，但是听不到任何声音，只有你仔细观察了，才会发现食客们轻轻地走路，轻轻地动作，轻声地交谈，轻轻地吃喝，文雅的举止，绝不会影响到每一个就餐的人。难怪进餐馆前儿媳常芳再三叮嘱我们千万不要大声说话。

途中我离开过座位两次，先后看到有餐桌旁坐着七八岁的男孩和女孩，坐姿端端正正，目不斜视静静地等待大人拿取食品，而不是跑来跑去嬉嬉闹闹。我自然想到我国的自助餐馆甚至其他酒店餐厅里大人孩子就餐、聚餐时的景况。

2

在加拿大的日子里，我和老伴天天都走路，锻炼兼顾游览。

有一天上午出去，返回时没注意走错了路且超出了老远。等觉察到返回时旷野茫茫，周边居民区隐隐约约，似乎一模一样，迷路了——不知儿子大勇的家在何方位了——况且手机也没带身上，无法联系。我们呆呆地站在公路边，不见一个行人，失神地看着来来往往奔驰的汽车，一筹莫展。即使遇到救星，语言又不通，已经到下午两点多了，急得我火烧火燎。

焦急中突然记起我们刚来时大勇就用中文和英文写了他家的地址，当时我漫不经心地塞到裤子后袋里，多日无用一时竟忘了，一摸，幸好还在。但这路上不可能有行人了，拦车吧，凭我的经验，在公路上去挡疾驶的车辆，为一个陌生人停下来，你碰钉子挨骂去吧。但是别无良策啊！犹豫再三，我终于下了孤注一掷的决心去拦车。

刚好不远处驰来一辆好似工程车，我硬着头皮使劲地挥着手臂想碰碰运气。没想到那辆车竟然在我们眼前猛地刹车了，那刺耳的刹车噪声在我当时听来不亚于美妙的乐声，我欣喜万分又有些担心地凑上去。

还好，车上下来两个穿着工作服的工人师傅带着疑惑和询问的表情并无怒意。我赶紧双手把纸条恭敬地给他们并指着英文写的地址，用表情和手势示意这是我们要去的地方，但不知从哪个方向走，怎么走。师傅明白了我的意思，但似乎他们也不清楚那个地方，两人交流了几句便打开手机可能在导航图上定位寻找。一会儿一位师傅转身用英语要给我讲，我赶紧摇头摆手表明我听不懂英语。他们一愣便立即从车上取出一个公文包拿出一沓纸和一支笔，贴在车厢边写起来。写了大概有大半页纸，我一看连忙又摇头摆手，再次示意我不懂英语。原来他们高看了我，以为我耳聋，眼睛还是会看英文字的，这次全明白了，也不由点头笑了笑，表情中似乎有一丝歉意。这时两位师傅边商量边用线条和箭头画出了一张路线图，才满意地给我，并用手耐心地指点比划作解释。图上有我们走路多次经过的一座桥，比较熟悉了，心情轻松了许多。这中间大概费去了至少半小时多。要知道工人师傅可是有工作任务在身的大忙人，时间就是金钱，我既感激又歉意，但只能抱拳谢谢了。今天回忆这段经历时，仍对那两位工人师傅有一种深深的感激与歉意，祈愿他们一生平安幸福。

我们按照线路图走了一程，路过一·居民区，不远有个岔路口，我们正犹豫该走哪条，有辆小车从一家院子里开到公路上了，这时我没有犹豫，贸然地向小车挥起了手。车主人看见了，但公路上不好停车，车又倒回院子。我跟上去一看是个亚裔中年妇女，有点不好意思地把路线图给她看，示意岔路处该走哪条。车主人仔细地看了会路线图，向岔路处走了十几步用手指示该走靠近左手的那条路，才和蔼地点点头转身去开车。

我们谢后走了大约半个小时又转过一段弯路，那座熟悉的桥出现在眼前，身心完全放松下来了。不到二十分钟就到家了。儿子儿媳久等不来，打我的手机发现在家里，去寻找又不知我们去了哪个方向，着急得都准备要报警了。

3

总的感觉，我所遇到的加拿大人待人客气、友善、有礼貌。每次在公园周边走路，迎面碰到同样走路锻炼的老人，他（她）们总是主动地用英语问好，从无例外；沿公路走时，遇见暂停的小车，司机也会笑着招手；甚至遇到慢行的汽车，有时也能看到司机友好地点头致意。当然，这可能也与地广人稀有关系。当我们从加拿大回到北京时，从机场去宾馆，车流如河；第二天到三环一条街道，满街是人，摩肩接踵，即使有熟人也顾不上打招呼，何况陌生人。

但加拿大人也确实客气、友好且乐于助人。大勇他们住家后没有修理草坪的机子，草长得参差不齐。邻居是加拿大人，在修理完自家草坪后顺便也就给修整了。大勇过意不去，不久买来机子自己动手。有一年冬天一场暴雪后院里深厚的积雪人工难以清除，又是邻居开着除雪机帮忙了。而他们无事不会到邻居家串门，入乡随俗，大家就都这样了。

别看平时和和气气、客客气气甚至帮你做事，界线还是分明的，要进入融入其中谈何容易。

4

有意思的是在加拿大的半年时间里，和两个孙子竟发生过小小摩擦。

加拿大冬天多雪，晚上还好好的，第二天一早出门一看，竟会下半尺厚的雪。我想大勇比较忙，一次下完雪我早早地拿起铁铲在前院清理积雪。不一会，两个孙子起床发现了。首先是大孙子墨墨气呼呼地跑到我跟前一把抓住我干活的铁铲边夺边嚷嚷“这是我的铁铲，不许你干”！小孙子禾禾在一旁“虎视眈眈”地给哥哥助力；我一愣，不跟孙子计较，随即放手，便去拿房前立着的另一把铁铲。这下小孙子禾禾跑来夺铁铲了，不客气地声明这铁铲是他的，不给我用，老大墨墨也过来给弟弟暗中鼓劲，就是不让我用铁铲铲雪。我想这两个小家伙才多大点人就这么“小气”，想着赶紧把前院的雪铲完，要是车出去也方便。这回没让步，夺回铁铲用手把他俩拨拉在一旁去继续铲雪。谁知两兄弟齐心协力不依不饶地缠着我就是不给我铁铲不让我铲雪，爷爷孙子三个激烈地纠缠在一起不可开交。还是大勇出来看见好一顿哄劝孙子才不甘心地回屋，我才把前院的雪清理完毕。那年大孙子墨墨六岁多，小孙子禾禾不到四岁。

当然这样的摩擦可不多见，和孙子在一起到底快乐的时候多。领他们到小公园里滑滑梯，孙子在前面轻松灵活游刃有余地滑，爷爷在后面笨拙而勉为其难地滑，还装模作样追赶孙子时孙子发出的欢快笑声；地下室里立定跳远比赛，看爷爷孙子谁跳得更远时孙子的较真劲儿；用手势指挥练习前后左右滑步时孙子的盎然兴致；教打乒乓球时孙子调皮可人的动作姿态；爷爷孙子在各个房间旮旯躲躲藏藏捉迷藏时的开心；早晨赶乘校车在那棵大树底下等候时，为对抗严寒教孙子在原地练习高抬腿跑步或实在冻得不行让孙子把小手伸到爷爷的衣袋，爷爷孙子相拥取暖的温馨；都是天伦之乐在那段日子里抹不去的美好记忆。

从加拿大回来后的冬天，微信视频中看到两个小孙子热情高涨的一会儿铲雪，一会儿小手捏团雪球打雪仗的欢快镜头，我突然醒悟到我在加拿大清理院子积雪时，两个孙子不让我用他们的铁铲其实并不是“小气”，而是怕我把雪清理完他们就不能在亲自铲雪的过程中玩耍了，就不能在雪地随意团雪球打雪仗了。我想干好事，结果破坏了孙子施展身手的乐园，剥夺了他们打雪仗铲积雪的欢快，还反而埋怨孙子“小气”，真是大大的冤枉他们了！

二

在日本跟旅游团仅仅一周时间，名副其实地走马观花。回思观感，除开篇连带几句，再补缀以下文字。

1

曾看过一篇文章，写 1994 年日本广岛亚运会结束的时候，六万观众离开后，会场上竟然干干净净，地无片纸。全世界报纸都登文惊叹“可敬、可怕的日本民族！”实则是赞扬日本人民的自律和良好行为习惯。这次到东京和去过的其他几个城市是很干净，确实难以看到一个烟头或其他些小弃物，也不见一个环卫工人，街边连垃圾桶箱也没有。我很好奇，注意搜寻环卫工人在哪里，始终没有发现这些人的身影，却终于看见有个垃圾桶放在一家商店门旁。行人临时要扔垃圾还真不方便，莫非他们出行都随身带有垃圾袋自己处理？如此干净的环境，外来游客的行为当然也就得小心了。

通过大力治理，多年来我们国家城市的干净程度绝不逊于日本城市，但不可否认，那是环卫工人每天天不亮开始就不停地扫、捡，辛苦劳作的成果，还定期有清洁车以辅助。垃圾桶或箱在街两旁一眼就能看见，随时都可碰到，方便极了。可总有极少数行人仍没有垃圾入桶或箱的习惯，个别烟民随手扔烟头的恶习总是难改。当然更可喜地看到过有许多家长陪伴逛街的孩子捡到垃圾特意跑到垃圾桶或箱去扔放的可爱镜头。良好的行为习惯要从娃娃抓起。

2

给我们开车的司机是个上七十岁的老人。一周以来，每天都随我们早出晚归，有时要连续开五六个小时的车，也够辛苦的。他态度又好，开车又稳，大家都很满意。

在日本，老年人在服务行业打工的还真不少，我们入住的酒店餐厅服务员就有老人。每餐给我们送菜送饭、收碟子收碗、擦拭桌面的就是一个白发苍苍的老太婆，我看都有八十岁的高龄了，每当她跪在地上往几案上摆饭菜时，我都有点于心不忍。年轻人可能到外面有更重要的工作，老人们就有用武之地了。说明日本劳动力的短缺，那些生活维艰老无所依为了生计逼迫出来打工挣钱的正好补上空缺；当然，也还有衣食无忧经济宽裕而寻求充实生活的老人，在力所能及时乐意为社会服务。导游介绍给我们开车的司机就有丰厚的退休金，也有一个可爱的孙子，家庭和谐幸福，他仍然出来打工开车就属于后者。

在我国到退休年龄的人，老年大学的门敞开着，欢迎他（她）们进修学知识、练技艺；公园广场的胸怀袒露着，等待她（他）们尽情地轻歌曼舞，走路锻炼，沐浴阳光；老年活动室，体育馆，打球玩棋牌，其乐也融融；唯有打工做事可有一定难度（优秀老师、医生是例外）。

3

我们住宿的一家宾馆条件好就不说了，服务的态度确实令人满意。但难以忘怀的还是我们入住时和最后离开时，在宾馆门前高台阶上经理带领工作人员打着领带西装革履齐刷刷站成一排恭敬友好热情地欢迎、欢送的仪式场面，日本人的精细周到从中可见一斑。

旅游期间给我们做导游的是个东北小伙，改革开放后他到日本，最初几年在一家工厂打工，每个人一天的任务多少是有规定的，当然要完成了，类似于计件。干了一段时间他做的活儿（产品加工）熟练了，有次上班时间他赶工超额完成任务，满以为领班会表扬他。万没想到不但没表扬反而挨批，鉴于初次免了处罚。警告他规定多少就做多少，不能少也不能多，不允许提前完成也不许超额任务，为的就是有充足的时间细琢细磨精益求精确保产品的高质量。这个东北导游小伙对他打工中一次经历的讲述至今言犹在耳。

一次旅游完毕，要到马路斜对面去坐车。青年人总是行动快，一转眼已到对面。我却慢悠悠地沿路边走边想刚才景点的事，忽然看到斜对面司机老人给我打手势，示意我赶快过去。我下意识地回头一看，一辆白色小车慢慢地跟在我后面，小心翼翼，悄无声息，大概好一会了。我竟没察觉。因为我走在路中间，路面又不宽，挡着小车了。赶紧让了路，车才快速开走了。我想司机怎么不打喇叭提醒呢?

4

团队旅游最后一天是自由活动。

上午我和女儿到某城市游公园，小桥流水，清澈曲回，奇花异草，环境幽静，很美很美。游累了，我们坐在一块石头上拿出水和面包吃喝休息。眼前是一块草地，有一小群麻雀正叽叽喳喳觅食吃，我们来它们也不怕，不飞走也不躲避人。我友好地掐了些面包撕碎撒在我近前看它们敢不敢过来吃，谁知这帮小家伙见有美餐，一哄而起来抢吃，如入无人之境。我把一些面包屑放在手心里伸展，有两只胆大的竟飞到我手掌上吃起来，这真是天大的稀罕事，我赶忙叫女儿照相留下这难得而珍贵的合影。

日本麻雀似乎比中国的小，颜色也稍淡，它们很开心地吃着。它们全然不知道，坐在面前的这个陌生人曾在小时候捕捉、伤害过它们同类祖先。想到这里，我很内疚，觉得无颜面对这些小精灵。我把剩下的半个面包仔细撕碎全撒在草地上，和女儿出了公园到其他地方游览去了。

下午我和女儿转悠到大概相当我国城乡接合部的一个地方，那里的环境卫生却并不见好，时有烟头躺在不太干净的地上。发现一家娱乐馆，掀帘而进：好家伙，烟气弥漫！馆房里摆放着几排好几十台游戏机，各个面黄如蜡的老人们（有男有女）都全神贯注地打游戏；不少人嘴里叼着烟，一边忙碌地敲着键盘，一边贪婪地吞云吐雾。难怪满馆乌烟瘴气，难怪这些老人个个面黄肌瘦。只有一个叼着烟的老太婆抬头看了我一眼（我没看出她是什么表情），又忙着打游戏了。我们受不了烟味的熏呛，逃似的快步走出了馆门。

（2020 年 3 月补记）

后记

书稿整理自编就绪，一次机缘，突然有一种再写一篇薛映珍表兄文字的冲动。一整天完成初稿，然后用了差不多一周多时间修修补补，今天才算完成。一看，竟写了六七千字的长文。

写作过程中，我不时被薛映珍表兄逆境不能挫其志，压力不能折其节，经济丰裕后依然保持农民艰苦朴素、勤俭节约本色的精神、风骨以及以德报怨等崇高境界所感动。

《我的侄儿——双双》和《薛映珍表兄》可以看作励志姊妹篇，不同的是我的侄儿双双少年遇难，结局痛心，成为悲剧。薛映珍表兄一生奋斗拼搏，终获成功。

《薛映珍表兄》一文，可惜为本书作序的慕岳先生没有看到，不然对薛映珍表兄一定会有精彩的评说。

《柳暗花明》几易其稿，得以付梓，编辑林薇女士一丝不苟地审改，又提了很好的修改意见和建议，在此表示衷心感谢！还有对本书出版有过帮助的热心亲友，亦借此深表谢意。因本人水平所限，必有诸多瑕疵，还望阅读此书的读者批评指正。

权振声

2022 年 6 月